U0045578

我這一生都比別人跑得慢

跑的快不一定快樂，不如讓自己幸福

東土大唐 著

目錄

古有八字不合，今有星座不搭

我過去有閒時也愛看某檔婚戀節目，看二十四位女嘉賓嘰嘰喳喳挑菜似的挑一茬茬男嘉賓。那些男嘉賓上臺時個個躊躇滿志，神采飛揚，一舉手一投足的自我感覺都異常良好，彷彿不僅能迷死心動女生，連台下的女觀眾都要為自己齊齊傾倒。

但隨著買賣進入檢驗成色的環節，場面就有些慘不忍睹了，尤其是男嘉賓的自身條件逐項揭露時，總會有若干纖纖玉指，婀娜地輕輕一摁，便有幾盞燈無情熄滅。男嘉賓不得不極力掩飾尷尬，企圖挽回局面，但往往也阻擋不了剩下的燈次第暗淡，最後在鏡頭前留下一個強作的歡笑然後灰溜溜地潛下臺去。

女嘉賓滅燈的理由和菜市場大媽看不上一根蘿蔔的理由一樣多。你這個蘿蔔有點老了；你這個蘿蔔太胖；我不喜歡你這個蘿蔔把頭上的葉子染成黃色；你這白蘿蔔是不是還惦記著以前談過的胡蘿蔔呢？當然那麼多理由看下來，我個人覺得最好玩的是：對不起，我是雙子座的，和天蠍座的蘿蔔不搭。

古有八字不合，今有星座不搭。我特別佩服這種姻緣搭配機制，極為便利，在父母合夥造人時便已經為你將來相親排除了不低於十二分之一的工作量，實在是省時省力得緊。我也特別佩服嚴守星座搭配標準的女孩，因為當她們斷然拒絕某一類星座的男性時，很有一種《無間道》裡梁朝偉拒絕劉德華的感覺：「對不起，我是員警！」嘖嘖，一股道不同不相為謀的大義凜然。在那檔節目裡，也不乏有人勸慰，說一個星座的人性格未必都一樣，但那些女嘉賓依然堅定地搖頭表示不願冒險，此時的她們又有一種寧可錯殺一萬，不可放過一個的氣魄。

我對於星座學說是門外漢，所以一直很好奇為什麼這十二個東西能決定人的性格。我始終覺得人類性格的邊界是模糊的，而星座的邊界是清晰的。也就是說一個人在出生時，總會有一個很清晰的時間點，比如說某一秒，在這秒前出生是處女座，在這秒出生後便是天秤座，畢竟時間就是這麼界定的。但人的性格為什麼會因為這一秒的不同便截然兩樣，我猜不透這裡面有什麼核心科技。

拿我自己來說，我是天秤座，都說這個星座的人糾結，但我回想自己追我家娘子時，好像從無舉棋不定的情況，從招聘時初識她，到決定追她，到娶她，一共只花了九個月的時間而已。所以糾結不糾結，不在於星座，而在於你究竟有多想去做一件事。當然我也有糾結，就是看中一樣東西卻囊中羞澀的時候，不過這就和星座無關了，你窮你也糾結。

所以我不知道以星座來識人，把未來的幸福交給星座來決定，究竟

算不算明智。畢竟你若是照星座搭配來選定了愛人，將來再有爭吵，就再也不能拿「性格不合」來作為分手的理由了。用一句網路熱語來說：自己照星座選的人，哭著也要過下去。

當然，堅持星座說也不是完全沒有好處，假如將來你的老公大聲質問：為何孩子的行為舉止一點不像我，卻有些似隔壁老王？這時你倒可以淡定回應：畢竟你是白羊座，而我們孩子和隔壁老王一樣是雙魚座。

在演唱會裡，想著當年的青春

上個週末，我潛伏在鼓浪嶼的一間酒店。一覺睡到中午後，我踢個拖鞋，失魂落魄地穿過龍山洞。洞的兩端是兩個截然不同的世界，酒店那一端寂靜無聲，另一端則店鋪林立，遊人如織。而我走在清冷幽暗的洞裡，彷彿在穿過一段慢悠悠的時光。

與別人喜歡照相留念不同，我習慣用腸胃記憶旅行。所以我很快便在龍頭路一帶大吃四方，所向無敵。沙茶麵、魚丸、冷飲、水果從喉舌間魚貫而下，直到我打的飽嗝呼出了南亞熱帶的氣息，才拍著肚子心滿意足地上了輪船。我要在夕陽落山前擺渡到對岸，然後趕往體育中心，去等待一個叫陳奕迅的人粉墨登場。

天氣不似預期，預告的陣雨未至，卻悶熱異常。幾萬人擠在一起，揮汗如雨，伸長脖子，翹首期待，彷彿在等恩客的青樓女子。八點一過，全場的聚光燈一齊暗下來，只有頭頂的暗雲在山呼海嘯裡慢慢流動。燈光再一次亮起時，一個著裝浮誇的男子在舞臺中央浮現，他不打招呼便開唱，聲音照例深情婉轉，一如在過去的 CD 裡聽起來的模樣。

周圍的粉絲個個面帶潮紅，神情激動，充分說明了人氣之旺。今年是陳奕迅出道的第二十個年頭，當時他拿了唱歌比賽的冠軍，但如你所知，

娛樂圈的狀元並不表示一路坦途，總會在波譎雲詭裡被人超越和取代。能佔據歌神地位如此之久，的確不易。

天色漸漸暗沉，悶熱卻一絲不減。臺上的歌手套在種種複雜怪異的服裝裡，又唱又跳，很快便汗如雨下，衣服四處都滲出汗漬來。想想他要在這樣的天氣裡連開數場巡迴，不由得令人感慨，喜歡的事情成了謀生的職業，無論賺多賺少，總是辛苦差事。坊間都傳說徐濠縈[1]出手闊綽，很是敗家。我不知真假，但我知道此刻在舞臺上被萬人仰慕的那個偶像，某種程度上其實也和我一樣，是個賣力為家掙錢的普通男人。

演出的歌一首接一首，有老有新，每一首都有大群粉絲跟著嘶吼，他們的面目有滄桑有年輕。許多時候我們都不是單純地聽歌，而是聽著歌，便憶起了舊時聽歌的情境。當年的陽光、當年的書本、當年自己鏡中的模樣和當年陪在身邊聽那首歌的那個人。

二零零三年，南京，南大浦口校區。我第一次聽《十年》。那年我二十三歲，陷入人生低谷，不知命運走向，不知未來所托，彷徨地手足無措，唯一的優勢是有一張年輕的臉和花不完的精力。當時覺得每一天都很漫長難熬，如今卻真的十年過去了，快得幾乎就在一聲歎息間，人便已經

1 徐濠縈：香港女演員，陳奕迅的太太。

疲倦和沒了年少的心境。而我在這十年裡，彷彿得到了許多，又彷彿錯失了許多，無法一一思量。

記憶總是太單薄，所以我們要感謝陳奕迅，以及那些用歌聲伴隨過我們平淡歲月的所有人。因為這些歌聲，我們回憶起往事來，才更深刻、更歷歷在目。就像兩個小時後，演唱會落幕，人群熙熙攘攘像退潮般往外散去，我也挽著我家娘子的手，在月色下慢慢地往回走。哪怕再有幾個十年，我依然能記得這個夜晚，我和她一起牽手的輕輕哼唱。

生活總要掰個意義

幾周前有朋友聯繫我，說《中國好聲音》的第二季當晚開播，想請我當網上評論員。我那晚本有約會，扭扭捏捏地打算拒絕。但朋友接著又說：「有酬勞哦。」於是我立馬變節，一口答應。

當晚我獨自抱著電視機，看裡面那些靚仔美女們興奮地時而尖叫時而低吼。而我則和他們一樣嗨。在我眼前扭動的，不是青春的腰肢和身段，全都是一張張的百元大鈔。說實話，縱觀所有唱歌選秀，這檔算是做的不賴，選手和評委表演得都很賣力。如果非要挑刺，就是其中有位評委汪峰老師，老喜歡板著老臉逮選手問問題，好好地一檔娛樂節目，他非要弄得跟《夢想中國》那麼嚴肅，我懷疑一定是他表哥白岩松教唆的。

汪峰老師最喜歡問的三個問題是：你有什麼音樂夢想？音樂對於你來說是什麼？能不能講講你歌聲背後的故事？如果我是選手，聽到這些問題，頭一定變得比陳魯豫還要大。我就不能只是喜歡唱歌嗎？為什麼唱歌就一定要有個音樂夢想呢？我喜歡唱歌，但我的夢想是買張彩票中五百萬又行不行呢？

當然在節目裡肯定不能這麼說，說了鐵定是要告別舞臺的。所以最合適的回答是瞭解一下汪峰老師的代表作，然後自咬舌尖，痛到雙目含淚後，娓娓告訴他：「音樂對於我來說，是許多年前的春天，是當時還沒剪去的長髮，是信用卡和我的她，是二十四小時熱水的家。如果說我有什麼音樂夢想，就是希望如果有一天，我老無所依，請評委們集體把我埋在，在那歌聲裡……」唔，這麼回答的話，我已經能想像汪峰老師臉上浮起的快感。

不知從何時起，我們總喜歡探討事情背後的意義。音樂的意義、旅行的意義、戀愛的意義、事業的意義，仿佛每件事都必須帶有一個崇高的目標，這樣才顯得做的人特有情操。因此還誕生了一個經典句式：當我們在XXX，我們在談什麼。這已經成了文青屆十大裝逼句式之一，堪比「你若安好，便是晴天」，以及「身體和靈魂，總要有一個在路上。」

這個句式的威力在於，能夠瞬間把你從形而下的凡人，變成形而上的哲學家。比如：當我們在唱歌，我們在唱什麼？這麼一說，你就不是單純地唱歌了，你必須是在歌聲中體會人生，感悟生命。再比如：當我們在讀卡夫卡，我們在讀什麼？這麼一說，你就不再是讀一個故事了，你必須是在小說裡讀作者的孤獨和絕望。自從我學會這個句式後，每天去食堂吃飯都很唏噓。我常常想，當我吃下一口紅燒豬蹄時，我究竟是在吃什麼呢？想著想著便覺得嘴裡嚼得不是美味，而是鮮血淋漓的生命，忍不住要抬起頭45度仰望天空淚流滿面。

這個世界就是如此，有人喜歡把生活過的簡單，有人喜歡把生活過的複雜。

記得去年有個剛上大學的孩子，據說聰明異常，卻整天在思考人生，最後得出結論：人生是完全沒有意義的。於是留下一紙遺書，選擇了離世而去。就連他的遺言，也全是在討論為何沒有意義，感覺是個自視甚高、到死還要耍聰明卻鑽到牛角尖裡去的孩子。還沒好好經歷人生，便過早下結論，這也是喜歡探討背後意義的悲劇。幸運的是像我這樣的懶人，就沒有這個煩惱。我希望生活能夠儘量簡單一些，唱歌就是唱歌，戀愛就是戀愛，讓一切都恢復它本身的面貌，不要事事都追求背後的意義。像王小波說的，有趣、有愛、有智慧，人生便已足夠了。

做個吃貨也挺難的

有種很民間的說法，說前世與今生往往成因果。譬如前世奢靡，今生必潦倒。前世荒淫縱欲，今生必是天煞孤星。有此理論，我也能快捷地為人測算前生。譬如，陳冠希老師前世應是佛門弟子，禁欲多年，所以今生才能左摟右抱、盡享豔福。再譬如，依據此說，李嘉誠前世應為喪家犬，小布希前世應為智多星。而我自己，今生嗜肉如命，好吃懶做，前世必然是面黃肌瘦，做牛做馬，末了還是食不果腹，做了路邊餓殍，被蛆蠅叮咬的命。

食、色，性也，你看，攝入的欲望比射出的欲望要靠前，連孔夫子都認為人人生來就是一名吃貨。所以我素來不以好吃為恥。而與我為伍的一幫狐朋狗友，也均是饕餮一族。我們的好吃有著鮮明的個人喜惡。我的死黨徐同學，一見母蟹就兩眼放彩，目光如炬，眼神筆直穿透橫陳的玉體，直達那肥沃的卵巢。而我則是吃蝦無敵，砍頭、去尾、剝皮、生吞，麻利得像極了儈子手。我們的共同點也有，那便是無肉不成餐，但是請諸位看官用犀利的眼光分清我與他愛肉的區別，他是富貴小開，習慣使然。作為一名吃貨，難免常常要向餓勢力低頭。我的座右銘便是：勿以餓小而忍之，勿以膳小而不吃。

吃貨不是美食家，美食家是欣賞地吃，不能只是看色香味，還要能吃出形而上的東西來，很是費腦子，所以你看寫美食專欄的沈宏非老師，頭上就沒幾根頭髮。我曾經還讀過一篇美食文章，作者吃一碗冬陰功麵都能吃得淚流滿面，據說是吃出了家鄉的味道。而我們吃貨就單純多了，純粹是想吃就吃。我吃紅燒蹄膀，只能吃出豬的味道，始終無法吃出這只豬籍貫哪裡，以及它死前有沒有懷鄉的怨念。

合格的吃貨應該不太挑食，所以最適合他們的食物是自助餐。我一見各式菜肴琳琅滿目擺在眼前，便仿佛財迷見到寶藏，口水能流一大碗。我吃自助餐還有技巧，靈感來自於一個很著名的故事：某教授給學生做示範，準備了一個細口瓶，先往瓶子裡裝滿小石塊，看似再也裝不下時，其實還能再裝更小的石塊，裝滿小石塊後還能再裝細沙，到最後肉眼看不到空隙了，其實還能倒進去不少水。我猜想這個教授興許也是吃貨中人，他用這個極具指導意義的實驗提醒我們，只要注意進食的先後順序，自助餐絕對是可以吃回成本的，哪怕菜實在吃不下了，臨走前還能再喝兩杯飲料。

若論吃貨的歷史淵源，可能源於我們本身便是個好吃的民族。不信你看，自古以來每個傳統佳節，我們都要往肚子裡裝些特定的食物，春節吃春捲，元宵吃湯圓，端午吃粽子，中秋吃月餅。老祖宗變著法兒地來達到吃的目的看，可見吃貨的血脈裡，其實流淌著中華民族的文化傳統。

但是吃也是一把雙刃劍，吃多了難免會有發胖的憂慮，享受和想瘦總是一對不可調解的矛盾。如我，曾經是個那麼翩翩的瘦削少年，近幾年也吃成了稍顯臃腫的中年。如今我面對美食，腦子裡總會跳出兩個小人爭吵。邪惡的小人勾引我說：有食堪食直須食。另一個善良的小人則規勸我說：食多發胖少人知。兩個小人翻來覆去地吵，翻來覆去地吵，好不心煩，於是我面對美食，痛下定決心，要通通吃下去把他倆活活撐死。

上妝楊玉環，卸妝鐘無艷

央視有一款神奇的節目名曰《走進科學》，這檔節目最大的特點就是很不科學。舉例而言，有一期是說某個神奇的男子，具備特異功能，咬什麼什麼就流血，這項能力堪稱高貴冷豔神秘，仿佛是吸血鬼投胎。於是來了一堆專家，又是查族譜，又是驗 DNA，各種高科技精密儀器一齊往他身上招呼，就差將其切片了。功夫不負有心人，專家們最後終於得出結論：為什麼他咬什麼都有血呢？因為該男子牙齦出血。

有時我也想給這個無厘頭的劇組做一期節目，宣傳語都想好了。

這是一個神秘的群體，他們常常製造各種禍端，殺人於無形；為了偽裝，他們往臉上塗抹化學藥品，甚至不惜往體內植入裝置；他們情緒不寧，極度暴躁；他們穿著異常，不按節令；他們潛伏在社會的各行各業，他們究竟是一個什麼樣的神秘組織，敬請收看《走進科學》之「女人」。

無意冒犯，只是從男性的角度來看，上述的女性特徵很符合這款節目的賣點：很不科學。

比如她們前一刻還溫柔如水，下一秒就能兇悍如虎。

比如她們完全對溫度無感，十八度和零下十八度能穿一樣的衣服。

再比如她們不記路，卻能輕易記住你招供的和 EX 的所有細節。

而據說最不科學的，是她們熱衷的化妝一事。

關於為什麼要化妝，古人的意見是「女為悅己者容」，但其實絕大多數男人並不喜歡自己的另一半化妝。西方的意見則是：這是現代社會的禮儀，出於禮貌才會對面容作精心打扮。這等於變相地在說，絕大多數的女子本身長得都不太禮貌。哦，這是個多麼令人悲哀的事實。

無論理由是什麼，都不能阻礙化妝成為現代女子的必備技能，就似《畫皮》中的女妖，你要沒把臉畫好，都不好意思出來見人。不僅在出門前要花費大量工時，在外也要抓住各種閒時、利用各種鏡面，作各種猙獰狀補妝，生怕一不小心便露出原形。

如今已經鮮有女子不往臉上塗脂抹粉了，只是濃淡不同，耗費的工時不同而已。上妝已成為女子每日頭等大事。拿我家來說，我家娘子已經完全取代了公雞的功能。每日天一破曉，我便被各種高低不同的「啪啪」聲驚醒，我揉揉惺忪的睡眼，只見她正左右開弓，兩隻紅酥手密集地往臉上狠抽自己，為我出得好一口惡氣，一天愉快的心情就此開始。

如同女人分不清湖人隊和熱火隊，男人也永遠搞不懂那些五顏六色的瓶瓶罐罐有何區別。可是女人卻總能在各種乳、霜、汁、蜜、液、粉中輕易挑選出合適的往面門上撲，且不會弄顛倒次序。不過話說回來，這些玩意兒的效果是不容置疑的。如果認真觀賞一場完整的化妝，勢必會驚歎

於工序的複雜和魔術般的變化。好的化妝技術可以瞬間令東施變西施，烏鴉變白鴿。不過棟篤笑[2]之王黃子華也說過這麼一句話：化完之後還能認出來，那才叫化妝。化完之後認不出來，只能叫喬裝。

這種易容是有迷惑性的，非誠勿擾上的男嘉賓進入男生權利後，有的會選擇看女嘉賓的生活照，很是明智。否則現場看的是楊玉環，牽手回到家，清水一掬，一秒鐘變鐘無豔，這時再退貨可能就遲了。不過我看到現在，幾乎沒有哪個女嘉賓會蠢到真放出無碼素顏真相的，依然是淡妝出鏡，真是道高一尺，魔高一丈，男嘉賓也只能暗自叫苦。

看到此處，我總忍不住腦補以下畫面。剛娶回家的美嬌娘手拿一瓶卸妝水，邊往臉上抹，邊對老公大喝一聲道：接下來，就是見證奇跡的時刻！

2 棟篤笑：獨角喜劇。

浪漫總是忽悠來的

我的同級校友張嘉佳，我認識他，他不認識我。但我早聽說他調遣文字的功力十分了得。這幾天他在網上寫了幾篇故事，惹得癡男怨女們眼淚漣漣。他講的愛情故事男主人公無不長情專一，女主人公則境況悲慘，矛盾衝突一到高潮，就能準確擊中淚點。女讀者邊抹眼淚邊想：作為男主角朋友的作者本人，也一定是位浪漫癡情的男子吧。

我很羨慕他，因為我只會寫一些扯淡的文章，全無營養，專注在艱難的人生裡，逗人一樂。但是逗人哭和逗人笑的遭遇是截然不同的。我能料想，許多女讀者在茶餘飯後讀完我的文章，可能會指著報紙大笑道：哈哈，這作者好搞笑，一定是個傻逼吧。唉，想想就覺得淒涼。

張嘉佳是天生浪漫，想像力空前，在大學時據說他明明足不出戶卻能寫出以假亂真的入藏遊記。而我現在則是毫無情趣，要我講一段催人淚下的愛情傳奇，再配幾句雋永悱惻的情話，簡直比讓我擠奶都難。

這個世界上就有這樣一種人，既浪漫，又對於文字拿捏得恰到好處，這種人要說出情話來，不少姑娘是骨頭都要酥掉的。張嘉佳是其中之一，而在他之前，我認識的則是王小波。大學期間有段日子，我每天都在研究他寫給李銀河的情書。昏暗的自習教室裡，只見我時而翻閱，時而奮筆疾

書，就像個為獎學金發了瘋的好學生。

如你所知，我實際上是在摘抄佳句，以便引用來送給師妹。其中我最喜歡的是那一段：「你好！做夢也想不到我把信寫到五線譜上吧？五線譜是偶然來的，你也是偶然來的。不過我給你的信值得寫在五線譜裡呢。但願我和你，是一支唱不完的歌。」為此我還特意去買了一本五線譜，一封情書兩頁的話保守估計可以送給二十個師妹。

那段時間我還讀了不少洋人的情史，可能是翻譯的緣故，他們的告白顯得過於衝動、激烈，不是我的菜。比如尤金．奧尼爾就說：「我像一隻小狗一樣匍匐在你腳下。」但我總擔心萬一師妹愛吃狗肉呢。而海明威則說：「愛你時，覺得地面都在移動。」這句我也不敢用，怕師妹以為我得了帕金森綜合症。

相比較而言，我還是欣賞王小波式的浪漫，含蓄而又溫婉，直到今天我讀他那段話依然很動情。張嘉佳的浪漫則是戲謔而又虐心。我也無比想成為一個擁有浪漫情懷的人，可惜資質愚鈍，又一直為生計奔波，於是只能在奔湧而去的時光裡，任浪漫向左，生活向右了。我的文風也與浪漫絕緣，逐漸向蘭陵笑笑生靠攏。我已經全然忘了情書該怎麼寫，情話該怎麼說。非要硬著頭皮寫，可能憋出來也是打油的情詩，像網上的這種：「二狗，代我向張豔說／我今生只愛她一人／還有和周麗和玲玲也這麼說。」

哀大莫過於人醜

林夕有首作品，被譽為經典備胎之歌，詞作淒婉細膩，備述暗戀之苦，叫人淚下。「沒有得你的允許我都會愛下去，互相祝福心軟之際或者准我吻下去。我痛恨成熟到不要你望著我流淚，但漂亮笑下去仿佛冬天飲雪水。」一世間多少女子從此得不到愛，便在夜裡輕輕吟唱此曲，委屈得仿佛老天都要感動。其實她們都被戲弄了，這首歌的歌名《鐘無豔》早已戳穿真相：為什麼你得不到真愛啊，人醜唄！林夕真是個高端黑！

古代既有四大美女，也有四大醜女，可見古人也愛搞極端，在女人的問題上不肯走中庸的路線。鐘無豔便是醜女之一，史書記載她「凹頭深目，長肚大節，昂鼻結喉，肥頂少發」，用今天的話說這就是個女漢子啊，所以她直到四十歲都不得出嫁。當然最後齊宣王立她為後了，我懷疑是電燈還沒發明，到晚上就都一樣的功勞。

哀大莫過於人醜，醜人歷來便倍受歧視，不管是男是女。三國時便有張松因面目可憎不被曹操重視的先例，惱羞成怒的張松於是直指曹丞相的《孟德新書》是代筆。三國時還有位許允，娶了位阮氏女，洞房花燭夜興奮地掀開紅蓋頭，見到新娘子後臉色由紅變青，繼而變白，隨後發足狂奔，連夜出逃，再也不肯回家，看來應該是上了虛假廣告的當。

哪怕社會文明開化如現代，醜人也依然有不少劣勢。與古代不同的是，隨著女權的提升，男色也愈來愈被關注。甚至因此誕生了一個惡毒的組織，名曰「外貌協會」。據說這個協會發展迅速，蔓延全國，當中的女子，均秉持「帥雖然不能當飯吃，但是不帥會吃不下飯」的原則，對帥哥和醜男堅決區別對待，冷熱分明，用實際行動一次次往遺傳基因不良的男同胞傷口上撒鹽，簡直令人髮指。

比如在她們眼裡，帥哥打架那是真性情，醜男打架則是社會渣滓；帥哥穿名牌那是有品位，醜男穿名牌則定然是假貨；帥哥打赤膊那是性感，醜男打赤膊則是耍流氓；帥哥不刮鬍子那叫男人味，醜男不刮鬍子那叫邋裡邋遢；帥哥沉默不語那叫憂鬱氣質，醜男沉默不語則是太悶，完全沒情調；最要命的是同樣葷段子，帥哥講那叫有點壞壞的，醜男講就直接變成了下流、低俗、臭不要臉。不是我不明白，是這些女子變化快！

我對長相的要求就比較寬泛，看著順眼，不起妊娠反應[1]就能接受。但是因為以前做HR的緣故，也遇到過超出底線的一例情況。無意冒犯那位姑娘，只是如果客戶都不忍直視的話，的確這面目就不太適合做銷售了。我委婉地拒絕了她：你不太合適。偏巧這位姑娘很執著，追問道：「哪裡不合適？我一時無語，轉頭看向窗外。人生已經如此的艱難，姑娘你又何必要拆穿呢。」

歲月如同照妖鏡，該現形的都藏不住

我的中學，像一場懵懂單純的初戀。

十幾年過去後，再次與當年的男男女女圍坐一桌，滄桑已經無一例外在眾人臉上浮現。席間觥籌交錯，卻言語寂寥。彼此像久違的初戀情人一般陌生尷尬，同時又熟識溫熱。

一次次相聚，越來越證明我們只不過是歲月的手下敗將。如我，曾經怒馬鮮衣，神采飛揚，在粗糲的時光裡打了個轉，便頓顯蒼老，全無鋒芒。所以我只能喝著酒，用餘光偷偷地打量著同樣在日漸黯淡下去的昔日美女S。這位身材高挑的女子，當年凹凸有致，風華絕代。曾經以一款幾分透明的休閒襯衫加牛仔褲的造型，就引得無數男同學眼珠與野狼一色，鼻血與口水齊飛。多年後我閱盡愛情動作片無數，那些東洋的女主角縱使賣力地卸盡衣甲，都沒有哪一款性感能與當年的她匹敵。

如今的S早已嫁做人婦，生活過得無比平淡。已為人母的她身材猶在，只是風韻盡失，淺笑之時已能覓到幾絲魚尾紋，同她失去的魅力一樣令人惋惜。

歲月改變的不僅是容顏，還有身份。

W君，當年成績很穩定，每次都是全年級倒數第一。因此中學並未

讀完，就投身到十里洋場[4]打拼。幾年下來，出落成包工頭一個，身家與他的體重、腰圍一起突飛猛進，同時增長的還有他情人的數量。

幾次聚會，此君的受尊重程度明顯增加，從最初在眾人中的落寞到今次不乏有人吹捧，多少也印證了歲月的詭譎與現實的無奈。

T君是席間話不多的一位，只是一杯杯地喝酒，默默地聽著大家交談。只是八卦如我，還是捕捉到了他眼神的軌跡，在貌似頻顧四周之時總是有意無意地望向某個方向。沒錯，那裡坐著的就是當年他暗戀過的女子。

說是暗戀，其實在同學間早已是公開的秘密。只不過緣分畢竟不是能勉強的，當時許多人從中撮合，兩人也終究未能在命運裡執手。他的戒指最後套上了別的紅酥小手，而撩起她頭紗的也成了另一隻鹹豬老手。真不知該說這是幸運還是遺憾。

我看著他們的眼神穿過眾人的酒杯在席間交匯，只是那麼一下，然後立馬慌亂羞澀地避開，仿佛一場命運的誤會。我相信他們此時的心其實是平靜的，感情更是清白的。他們需要的不是生活再有什麼可能性，他們

4　上海是百年來中國最大的工商都會，早在二、三十年代，就是東亞經濟工商中心，被稱為「十里洋場（現在的南京路）」。

只是跟我一樣，跟席間所有謀酌的人一樣，無邊懷念十多年前的那份純真和簡單，如同初戀。

一霎間，我想起了一句精神錯亂的歌詞。

誰是誰的誰，誰都又不是誰的誰。

齊人之福不是福

我有個爛人朋友是富二代出身，住別墅，開豪車，更過分的是他家有嬌妻一枚，外有彩旗數面，經常換著不同女子在不同場合出現，囂張得令人髮指。每次看著他與那些豐乳肥臀、環肥燕瘦的妹子在眼前招搖，我和其他朋友只能強忍鼻血，暗自流淚。

在我們這群羨慕嫉妒恨的朋友裡有不少單身男青年，畢竟餓腸轆轆地看人吃肉，滋味定然不太好。他們一夫一妻尚且不可得，而這個溫拿已和天下許多小開一般，公然地過上了「一夫多妻」的生活。自然界的資源配置法則就是如此殘酷，總是幾個人吃了多數的肉，於是剩男們只能含著仇恨的淚水畫餅充饑。

受著眼前活生生的刺激，這群單身的朋友每次再看《鹿鼎記》，更是黯然。時間一長，他們便個個以韋小寶為偶像，雖然一個對象都還沒有，竟也開始叫囂一夫多妻的好。最近他們的偶像又從電視裡的揚州小流氓換成了南非大總統祖馬，因為據說這尊黑菩薩有好幾個太太，而且竟然在一天之內換了四個出來見客，這在剩男的眼裡，簡直就是赤裸裸的炫耀。當然之所以不能一起帶出來，其中是有隱情的。如你所知，南非總統的夫人個個像黑球，如果四個黑球同時碰到一起，在祖瑪的遊戲裡會「砰」的一下消失不見的。

其實我的這些爛人朋友們想得偏頗了，這種齊人之福哪怕是在提倡一夫多妻的國家，也並不是所有人都能享受。原因之一是男女比例失調，僧多粥少，原因之二是既然名正言順了，那些無知少女還不上趕著去找富二代官二代嗎，國外的屌絲青年怕是更沒肉吃了。印度之所以強姦案頻發，我竊以為雖有法治的弊端，恐怕與允許一夫多妻分肉不均也不無關係。

即便在要求「一個蘿蔔一個坑」的中國，也不能阻擋某些鮮肉寧可被浪費，也要往打著飽嗝的嘴裡跑。湯唯在新戲《北京遇上西雅圖》中飾演的文佳佳，多麼青春靚麗的一塊好肉，可惜她的身份從小三變到後娘，選擇不是老鐘便是醫生，均是開葷多年的食客，也沒有素食青年的份。

其實時光往前推不到一百年，中國人也可以三妻四妾。不過幸福的程度卻未必與伴侶的數量成正比。像韋小寶那般與七位嬌娘其樂融融的人間佳話畢竟是小說。更大的可能性是如周星馳在《唐伯虎點秋香》中娶的八美一般，弄得烏煙瘴氣，星爺不得不改而追求小清新的秋香姐。可見配偶的品質遠比數量來得重要。

我在年少時也提倡「一夫一妻」，即男人需要有一個夫人和一個妻子。現在想想，真是年少輕狂的傻話。如今我成了單一配偶的擁護者，絕對贊成只娶一個好。因為時代早已不是男人說一不二，經濟命脈又往往掌

握在太太手裡，你若真娶三個回來，還不天天像古惑仔一般，為話事權打起來。而且勢必個個要像祖宗一樣供著，不能厚此薄彼，一想到每年要操辦的生日、紀念日翻了三倍，連LV的包包都要一下買三個，我的心就頓時涼了一半。

科系和出路是兩回事呀

大哥家的女兒剛剛參加完高考，如今面臨填志願的難題。看著她慎重考慮的樣子，我不禁感慨光陰似箭，歲月如梭。想當年我考完在思索去哪座城市哪個學校的時候，她還是個穿著開襠褲、拖著鼻涕的小丫頭。如今我已是滿臉鬍子的猥瑣中年男，而她卻出落成了個亭亭玉立的大姑娘，像十四年前的我一樣，被時光催趕著，站在了人生抉擇的十字路口。

填志願看似簡單，無非一是選學校，二是選科系。學校往往跟對城市的喜好有關，像我早年讀了朱自清《槳聲燈影裡的秦淮河》，印象極好，就一頭奔向了南京，而我的朋友李鐵根則心儀山東，因為那裡有他寤寐思之傳說中的藍翔技校。

相較而言，科系對於未來的影響更大，也更莫測一些。其實對於沒入大學體驗過的孩子來說，那些專業就像舊時還未掀開紅蓋頭的新娘，只聞其名，連臉上有沒有麻子都不知道，所有的賢良淑德、優秀品質都是聽別人吹的，難辨真假。所以這樣選擇無異于一場人生的豪賭。

一九九九年的時候，複製羊剛剛問世三年，生物工程這個詞熱遍全球。於是在父母的慫恿下，我填志願時選了生物科學，踏入校門的一剎那，我彷彿已經看到幾年後，自己成了偉大的科學家。無數剩男擠破了我的豪

宅，搶著要花重金請我複製張曼玉、李嘉欣和武藤蘭。學了兩周後我才知道，生物還有動物、植物和微生物之分呢。學這個專業的未必個個都能操持精密儀器複製羊或是複製驢，還有可能會走在廣袤的農田裡，研究大糞對作物生長的影響。我們系有個學長便是，畢業後進了醬油廠研究配方。如此巨大的落差讓我在異鄉的夜裡，心常常是低落的，淚水將枕頭打濕了好幾次。

其他科系也莫不如是，學英語的以為自己會成為元首翻譯，四年後卻默默地在給盜版電影翻譯字幕，署的還是網名。學廣告策劃的以為自己會是如李欣頻一樣的文案大師，四年後卻穿梭在大街小巷，看到電線杆就拍上一張「包治百病」、「重金求子」的字條。學電腦軟體的以為自己會是IT企業的CEO，四年後卻在珠江路賊眉鼠眼兜售愛情動作片光碟，一聽說城管來了便望風而逃。最慘的是學國際金融的，總以為自己會是商界鉅子，誰知四年後卻在淒涼的午後，撥通一個個久不聯繫的初中高中同學號碼，寒暄過後尷尬問道：「那什麼，你聽說過安麗嗎？」

當然，真正把專業學好並學以致用的還是大有人在的，不過多數人踏入社會後，都在用專業以外的知識騙吃騙喝。我大學先是學了生物，後來又學了軟體工程，但是我現在既忘了怎麼解剖蛤蟆，也不會編木馬種到姑娘的電腦竊取豔照，倒是靠常年寫字的興趣和習慣，碼點不靠譜的文章賺點私房錢。所以不管是什麼專業，能學到謀生的技能才是最重要的。作為過來人，我建議男生在大學裡好好修習以下幾門必修課程：睡眠哲學、蹺課行為學、多人對戰 IT 學、臉皮工程學、把妹藝術學、生殖運動學以及檢討語言學。

愛的世界裡，送啥是很講究的

日前大陸有一女童，因迷戀羅志祥，豪擲多年積貯的壓歲錢，購十萬元轎車一輛，欲贈給偶像，並隨車奉上自己的愛心。不知道小豬有沒有回應此事，如果是我，我會學習《西遊降魔篇》裡的捉妖道士，一手將車鑰匙接過揣兜裡，一手拒絕她的告白並誠懇道：「愛這麼貴重的東西呢，我是不會要的。」

說歸說，實際上我並沒有這樣的機會。想想確實淒涼，我在新浪微博也坐擁幾十萬粉絲，可惜快兩年了，連張美女的私照都沒有收過。同樣都是粉絲，為什麼做人的差距這麼大呢！想到此處，我便唏噓地腸子都要斷掉了。

該女童還聲稱，若小豬不肯要車鑰匙，她便砸爛此車。我在想如果小豬也不要愛，不知道她會不會砸爛自己。這種推論並非無根據。楊麗娟便做過類似的事，當年她尾隨偶像去到港城，始終沒能得到青睞。為明志，她在媒體前怒跳香江，真是浪濤、浪流，對華仔的愛永不休。讓人忍不住要感歎一句：「問世間情為何物，直教人生死相逼。」

感情的世界裡，自古便難免要送些什麼東西。可能因為愛情一事，過於虛幻，僅是口頭表達又流於蒼白，總要寄寓於物，才算看得見、摸得

著，有了憑證。所以有人選擇送車，有人選擇送死。仿佛越貴重，就越能證明情比金堅。

遠古時期可能是這樣：「數頭男猿拜倒在某女猿的獸皮裙下，第一頭獻出野果若干，女猿一聲冷哼；第二頭獻出野兔一對，女猿鼻腔再次發揮鄙視技能；直至某頭強健男猿從肩上卸下整只野豬，女猿方嬌嗔一聲，嬌羞頷首。在失利男猿們悻悻的注視下，得勝者牽起毛茸茸的小手，奔向山頂的洞穴。」

後世流行送定情信物，輕至絲帕一方、貴如明珠一顆，其實都是從野果、野豬演化而來。我小時候聽過一齣戲，戲裡的男一號窮書生要赴京趕考，表姐怕城裡的姑娘太誘惑，表弟把持不住，要送他一座珍珠塔作信物。贈塔時，只見她千叮嚀萬囑咐，哇啦哇啦唱了半小時，我幼小的膀胱承受不住壓力，去茅廁緩解了兩次，回來見塔還在這位表姐手中。得虧她表弟耐心好，換做是我早拂袖而去了。你呀愛送不送！

其實，如果郎有情妾有意，便是送一句情話，也能心甜如蜜。如果心有他屬，哪怕你送我良廈一間，我也……要問一句：房契上寫誰的名字？

相較而言，送花確是一項創舉。女子其實未必愛花，卻都愛收花。人花相映、兩兩生輝，又不太浪費，無論從畫面效果和經濟角度來考慮，都是上策。所以如果情人節、生日、紀念日，你若忘記準備禮物，哪怕臨時買上玫瑰一束，表現起碼還能及格。

送花還有一項好處是可以表明心跡，因為據說不同數量的玫瑰，有不同的花語。送一朵代表只愛你一人。送兩朵，代表世界只有我和你。送十一朵，代表一生一世愛你。送九十九朵，代表愛你久久。若是一下送九千九百九十九朵，呵呵，可能代表他家是種花的。

擇偶那些事

我家娘子天生麗質，那年剛剛畢業，首次在我部門亮相，引起公司一眾老少色狼的騷動，每日前來借用東西、討教業務之人明顯見長。最終老牛我利用近水樓臺之便，成功銜得這枚嫩草，一度令公司周圍酒家裡，平添幾多借酒消愁的苦悶男。

但是我自問資質平庸，且一貫運程欠佳，多年來購彩票無數，中獎全無。如今忽然得美女青睞，因此心裡時常忐忑。往往深夜糾結得無法入眠，便搖醒枕邊人，殘忍逼供：「娘子，你究竟看上相公我哪一點呢？」我家娘子不勝嬌羞，輕聲答曰：「人都誇官人你博學多才，老實本分，奴家好生喜歡。不過已是夜深，官人你若不想安寢，門後有一搓板，可速去跪而靜思」。我連忙閉眼。須臾，她又來搖我：「官人，你又看中妾身哪一點呢?」我執手含情道：「娘子你蘭心蕙質，世間少有。」轉頭在心裡說，那是因為當時給你面試，一問三不知，我就料定，這姑娘好騙的緊。

這些私房問答，其實均關乎一個千古話題：男女擇偶觀。

已經很難考究，最早的擇偶觀產生於何時，或許是母系社會，某健碩男猿身手不凡，一次獵得數頭野豬，傲視群猿，於是女王猿在飽餐之後，右手皮鞭，左手蠟燭，全力犒賞英雄男猿。又或許是父系社會，某波霸女

猿一次性解決數十名幼猿口糧問題，遂成眾男猿夢中情猿。可見，擇偶必產生於審美之辨。

當然，擇偶觀也隨時間發生變化。若在古代，女子往往中意英雄與才子。其實調遣文字與調遣士兵無異，均是功力深厚方能見其風範，迷倒眾生。所以虞姬為項羽而死並不足奇，民國大師林琴南一生為文，有許多女子爭相漏夜送肉，也在情理。

今世女子擇偶與古時迥異，愛財勝於愛才。胸有文章，不如家有樓房，著作等身，不如鈔票等身。網上曾有女子總結擇偶標準：有車有房，父母雙亡。真切中肯，言簡意賅，令我五體投地。不久，又有不服男子呼籲天下男同胞，也應統一標準，具體如下：「美貌天下第一，家中財產過億，岳父癌症晚期。」也是一名奇男子！

若是嫌爹爹數位的標準不夠豐滿，其實還可以去如今的影視作品裡，便可以窺到男女不同理想配偶的直觀形象。想知道男人喜歡什麼樣的女性，基本你看看電影裡每個老闆配的女秘書，便可了然。而年輕女性的理想另一半，則全部生活在偶像劇裡。據說這類女生對自己未來老公的要求可以總結為一副對聯：上聯：高大多金很幽默。下聯：活好人帥又體貼。橫批：其實我要的很簡單。

擔心兒子買不起房，擔心女兒被人囂張

生男好還是生女好，這是一個問題。

你若是問我，憑著我一向中庸的風格，我會撚鬚微笑，搖頭晃腦的告訴你，這就像問中餐可口還是西餐美味，無非是因人而異。譬如財大氣粗的富人，若不誕下個帶把兒的男丁繼承家產，必然死不瞑目。我家娘子，則天天念叨著要再生個女兒，以便將來母女一起驚豔地招搖過市。而如果問一名泰國人，答案又不一樣了，他定會語重心長地告訴你：三碗豬腳，在我們國家，男人和女人也沒那麼大的區別啦！

之所以這能成為一個嚴肅的命題，是因為絕大多數的大陸人，這輩子只有一次合法的造人機會。這就好比明明是自助餐，卻只讓你吃一道菜，勢必會為吃刺身好還是吃霜淇淋好而煩惱。若放開造人的個數限制，問題自然迎刃而解。只要你足夠長壽和足夠精壯，大可以生到你想生的為止。當然為避免悲劇，毅力也相當重要。古書有載，某人只愛男娃，夫人第一胎誕下一女，於是命名為「招弟」。第二胎不爭氣，又是女兒，遂起名為「再招」。第三胎依然如此，憤而起名「又招」。望穿秋水盼來第四胎，胯下仍然不見那條小肉蟲，該男仰天長歎，悲涼地為之起名為「絕招」。

由此可見，生四個依然有清一色的可能。所以張藝謀導演一口氣生

了七個，果然兒女成群，樂享天倫。但旁人就不免憤憤，憑什麼大家都只能下一個蛋，你偏要下七個，你又不是公雞中的戰鬥雞。甚至有人調侃張大導這是要拍葫蘆娃的節奏。

其實這幾年一直有新的二胎政策即將出臺的傳言，據說夫妻一方是獨生便可生育第二胎。不過僅僅多一次機會，隨機性依然很強。只怕生男生女的問題依然是問題。

我目前膝下也已有一子，但是在他尚未誕下之前，我曾經頗為猶豫。從私心來講，我略喜歡男孩，不過跟傳宗接代無關。我只是希望他能繼承我一些夢想，譬如打籃球、唱歌、彈鋼琴、讀書寫作……但從生活壓力上來講，我又不希望他是個兒子。因為在這個蒼茫的時代裡，想做別人女兒的公公並不容易。兒子出生後，我壓力陡增，天天都在計算將來為他結婚買房買車的成本。最近又讀到一則新聞，說江蘇的結婚成本最高，男方平均花費在百萬以上，驚得我在暗夜裡倒吸一口涼氣。

當然，生男生女，都有操不完的心，擔心他們的健康，擔心他們的學習，擔心他們的婚姻與事業。成長的路上還得擔心他們會不會學壞。從男女之事上來說，女兒學壞讓父母更加操心。因為傳統觀念總是讓人覺得，女的是吃虧的一方。《笑林廣記》上說，有翁嫁女，新婚之夜，獨自在家踱來踱去，煩躁的很。僕人不解，問其故。老翁憤怒的說，你不知，那小子這會正囂張著呢！

所以說到底，擔心兒子買不起房，擔心女兒被人囂張，又有何異呢？下了這枚蛋，總要挑起孵化養育的責任。還是放寬心好，生男生女都一樣，阿門。

男和女的關係就是，離不開又瞧不起

上中學時，我比較中意的學科是語文，因為扯得一手酸文，如果拍好語文老師的馬屁，她就會幫我往報刊推薦，偶爾有幸登出來，能吸引許多懵懂的女孩子給我寫信。由此可見我自小就有劣根性，剛發育就存了一肚子壞水。

我比較厭惡的是政治課，中學裡哲學和政治混在一起教，而且枯燥乏味。每每老師在臺上唾沫橫飛，介紹「矛盾的普遍性、同一性和鬥爭性」時，我就在下面留著口水給女筆友回信。老師還頻頻向我投來贊許的目光，以為我在認真做筆記。其實在我看來，他非要講，我又不想聽，這門課本身就顯得很矛盾。

當年的我激憤得像個愣頭青，覺得哲學是狗屁。誰知後來竟失了節，交了個哲學系的女友。她不時和我談人生、談理想，我也就逐漸地改變了對哲學的態度。這個事實證明我在女人面前，立場還欠堅定。若是將來有獵頭公司挖我，可以考慮一下美人計。

我在歲月裡漸漸明白了一些道理，也多少瞭解了一些男女之事。以我愚見，用哲學的矛盾概念解釋男女之別，其實頗合適。

矛盾的特點之一是對立，也就是有所不同。《舊約》創世紀裡提到，上帝照著自己的樣子造了男女，所以我一直懷疑上帝是雌雄同體，否則如何能生生創造出兩款完全不同SIZE的肉身。一款高大雄壯，線條粗獷，嗓音洪亮；一款則嬌小可人，曼妙柔順，聲若鶯啼。男女的形貌不同是最明顯的對比。不加刻意修飾掩蓋，應該可以一眼就能分辨。所以我常常為古裝武俠劇的智商著急，明明是朝夕相處的女子，頭髮一盤往臉上抹點泥，就莫辨雌雄了，實在很不科學。

男女看問題的思路也不同。自從我抓耳撓腮碼出的字能換來幾個酒錢後，頗為自得，看每篇文章字裡行間，全是「才華」兩字。而我家娘子就務實許多，她看我的專欄，像看3D畫一樣，能看出許多立體的稿費來。我家娘子還經常攬鏡自歎：「唉，又沒衣服穿了。」初聽此言時，我哈哈大笑，看著滿滿一櫥櫃她的衣物說：「娘子你真幽默。」後來見她隔三岔五的重複這句話，才知她竟然是認真的。原來對於女子，穿過的就不能再稱之為衣服了，只有那些在商店櫥窗裡還沒買的才是。自從認識了這一邏輯，我一直惴惴，沒敢問她洞房過的老公還算不算老公。

矛盾的特點之二是相互依存又相互鬥爭。男和女總要結合，互相依賴，可結合後不吵架的，估計亙古未有。男和女的關係就是如此微妙，離不開又瞧不起。我小時候看過一部動畫片《沒頭腦和不高興》，現在想來，這簡直就是部情感寓言。在情侶關係中，男人永遠都是女人眼中的沒頭腦，丟三落四、不注重細節。而女人永遠都是男人眼中的不高興，事事抱怨，陰晴不定。男人總是嫌女人頭髮長，見識短。女人又總是不屑說男人沒一個好東西。可是男人還是想找女人，女人還是需要男人。就如周華健的《上上籤》裡說的：留在身邊討厭，沒有又想念。真是天生的一對矛盾，天生的一對冤家。

矛盾的特點之三是矛盾雙方在一定條件下可以互相轉化。拜現代科技所賜，男和女互相轉化，好像也不再是什麼難事了吧！

男人要守三從四德

三月八日那天一上班，公司的辦公室主任登時發現自己陷入了一群女人的包圍。這些女子個個濃妝豔抹，打扮風騷，眼神迷離，口水直流，伸著鹹豬手在主任身上亂摸。一邊摸還一邊叫喚：主任啊，今天發不發錢啊。

如你所知，看到這麼低俗的畫面，我通常都會嚶嚀一聲，嬌羞地雙手蒙眼，然後偷偷地從指縫裡面繼續偷窺。

這群女流氓的手段甚是了得，如此調戲主任的結局，就是最後每人都眉開眼笑地領走若干人民幣，還順便領走半天假期，一個個婀娜地從我面前走過，手裡的票子甩得嘩嘩作響。我看著一疊疊鈔票從我眼前魚貫而過，愣了半天，最後只能長歎一聲，憂傷地提著褲子，跑到廁所尿尿。我獨自在清冷的洗手間扶著牆，強忍悲傷安慰自己：節哀吧哥們，你只是個婦女用品，註定沒這福氣。

喝水不忘挖井人。不知今天的女子領完錢享受假期，在瘋狂逛街購物時，會不會在心裡感謝一下一百年前的芝加哥女工。得益於她們爭取男女權利平等的運動，今時今日，女子非但擁有一個男子垂涎的節日。而且一樣可以接受教育，可以從事幾乎任何職業，可以自由戀愛與選擇婚姻。

再彪悍一點，甚至可以學學當年重慶黑社會的大姐大謝才萍，包養十幾個小白臉。

種種現象都明證了女子的地位提高，已無須贅言。四年前我寓居昆山時，某美容院贈給我家娘子幾張優惠券，反面赫然印著「男人三從四德」。三從為：一、老婆出門要跟從；二、老婆說話要聽從；三、老婆決定要盲從；四德則為：一、老婆生日要記得；二、老婆心事要懂得；三、老婆生氣要忍得；四、老婆花錢要捨得。回到家我家娘子當即一手叉腰，一手執雞毛撣子，勒令我將此銘記於心，並且要嚴格執行。前年我一位美女舊同事嫁人，也在婚禮上拿出一張《老公守則》，當場叫新郎宣誓。我清晰記得第一條為：要熱愛老婆，堅決擁護和服從老婆的領導……可見女子家庭地位大有反超之勢，從過去的做牛做馬一躍而成為今天的作威作福。

當然，世事無絕對，有當上領導的，便有繼續受壓迫的。七十五年前的三月八日，敏感抑鬱的阮玲玉不堪情傷，服藥自盡，宛似一朵在風雨中凋零的花，香消玉殞。以自殺的方式辭世，說明了她心裡的委屈和自身的柔弱。時至今日，三八節已然誕生了一個世紀，然而此類悲劇卻仍可以隨處聽聞。南京的長江大橋便是殉情一大聖地。女子似乎更容易在感情裡受到傷害。不僅僅因為她們普遍更重視感情，同時也是因為在感情的世界裡，多數女子把自己放在了弱者的位置，太過依賴從而失去自我。一旦被背叛、被遺棄，必然如天塌一般無助。
所以三八節終究是一種形式，私以為女人的出路，還須自重、自強。

說謊是門絕活

最近貌似在整治網路謠言，只不過一直缺乏精准的定義，普遍認為謠言最明顯的標誌是「不是真話」。如此，妄言、戲言和傳言就都有中槍的可能，而最容易被張冠李戴、李代桃僵當成謠言的，則是謊言。

其實若比危害性，謊言要無關緊要得多。我仔細回憶了一下，自己似乎生來就被謊言包圍。而我的父母則是最大的謊言家。聽說早在我初到人間，尚未睜眼，只是哇哇亂啼時，他們便相擁而泣，激動地說：「他長得可真漂亮！」多年以後，我對著鏡子裡的老臉才明白這句話有多麼荒誕，多麼無稽，這可能是我人生裡聽過的最早的謊話。

等我稍大，能跑能跳了，他們依然利用我的無知，用各種謊言敷衍我。比如我大嚼泡泡糖時，他們恐嚇道：「不能咽下去啊，吃到肚子裡會爛肚腸哦。」比如我好奇小壁虎掉下來的尾巴時，他們又威脅道：「不要隨便碰啊，會鑽到你鼻孔裡去的哦。」類似的謊言還有：「家裡撐傘會長不高、吃魚卵會變笨蛋等等，以及玩火會尿床。」我童年時有個羞恥的記錄是一夜尿了三次床，充分體現了我當年幼小的膀胱有多麼脆弱，不過現在想來這也有可能是我將來會火的先兆。

等我上學終於脫離父母的魔爪，卻發現學校也充滿謊話。最令人髮

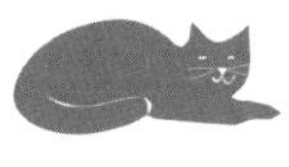

指的，是幾乎每個老師都喜歡晚下課。每每下課鈴一響，他們總是一臉誠懇道：「同學們，我再講一分鐘啊！」其實若下一堂課的老師有事不來，他們恨不得要和你海枯石爛。等到他意猶未盡地離開，課間所剩給你如廁的時間也寥寥了。電視劇中間還穿插廣告時間，以緩解觀眾膀胱的壓力，這些老師卻完全不尊重自然界的生物法則，簡直沒有人性。

畢業後參加工作，老闆也對我說謊。「好好幹，年底加薪！」「好好幹，帶你們出去旅遊。」於是我只好學姑蘇慕容，以彼之道還施彼身。「老闆，我不舒服在吊點滴，今天就不去上班了。」「老闆，我姑奶奶死了，今天就不去上班了。」「老闆，我小叔叔難產，今天就不去上班了。」謊話就是如此，對方未必真信，但許多事都需要有個理由。

家中亦是如此，我家娘子經常買一堆衣服褲子鞋子包包回來，在鏡前搔首顧盼，還時不時問我：相公，好看嗎？每當此時，我總是很認真地作誠懇狀回答：真好看！當然這也並非次次都是真話，只是我若說不好看，第二天她必然又要撅著嘴去重買。

也有我非常不願意說謊的時候，某次朋友請我去饕餮海鮮大餐，上了一桌的海蟹、鮑魚、鳥貝、刺身，我激動地差點失禁，可惜我這人還是太靦腆，太好面子了，我顫抖著每樣淺嘗了一點，說出了人生中最不情願的一句謊話：我吃飽了。

回鄉就是一種夫妻生活

我的學長和菜頭說，中國人的春節並不是從大年三十開始的，那一晚只是情緒的高點。而中國人本質上矜持內斂，所以需要一到兩周時間醞釀。同樣，它也不是在正月初七結束，那是國家的法令，正月十五才是民間的約定收心日。

學長的話相當文雅含蓄，換成是我這麼俗的人，則會這麼說，春節如同一次難得的夫妻生活，一向追求高品質的中國人需要很長時間的前奏和事後調情。如此一講，就活色生香得多了。

我所在的城市，異鄉人不比本地人少，所以氣氛從很早就曖昧起來。尤其是每天下班，我一頭紮進擁擠的車流，在暮靄裡像蝸牛般亦步亦趨時，便登時失魂落魄，神情恍惚，仿佛一隻流離的喪家犬。我想我跟那些背負行囊，在每個車站落寞地尋覓歸途的人沒有區別，都有一把叫「鄉愁」的刀在心上淒厲地切割。呵，這是個多麼脆弱的季節。

我一度以為我已然忘了故鄉。十年來我已經適應和愛上了南京這座城市，事業小有所成，安了家，結了婚，並且有了孩子。然而最近一段時間，鄉愁卻無法阻擋，悄悄與白髮一起滋生。我有時在江南故鄉的清晨懶懶醒轉，常有歲月凝固的錯覺。柔軟的陽光灑到床前，記憶眨眼便能回到年少，流轉的那些前事，仿佛只是做了一個時光久遠的夢。

故鄉就是這麼個神奇的夢境，無論你失意，得意，它總是在時光和現實的背後等你，勾引你。

也有人恨自己的故鄉，梁羽生便是其一。年輕的他在某個驚怖的月夜倉惶逃離時，他的父親正在被家鄉人砍頭。多年後等到他功成名就，家鄉人又涎著臉來巴結。如此唏噓的前後轉變，足以明證世事的變遷和世人的勢利。

我也有理由恨我故鄉的人。多年前我來寧[3]求學，正是父親事業頂峰時。於是便有人散佈謠言，以中傷我來攻擊我的父親。謠言歷經數年，內容亦在口耳相傳下不斷更新。先是指我在校毆鬥，被開除學籍。再是指我夜宿雙妓。我聽到的最後一個版本，則是說我已經灰頭土臉地逃往境外，無顏回國。

當年我回家鄉，除了家人，幾乎人人都在偷偷瞄我，然後私下議論，仿佛看見了一條大淫蟲。年輕的我也憤怒異常，發誓定要奮發圖強，衣錦還鄉。不過今時今日，我早已釋然。時光已然悄悄地辨別了真偽，還我以清白。我仔細想了想，我已有二十年沒有與人打架，十五年沒有與外人爭吵。另外一直以來，我與性工作者的距離，比「表叔」與清廉的距離還要遠。

有恨的人，便有愛的人，便有感恩的人，這是故鄉最繞不開的情懷。對於梁羽生來說，他要感恩的是當年勸他逃亡的老鄉。而對於我來說，要感恩的是我的父母，這幾年，他們愈發蒼老，愈發憔悴。我也有了自己的孩子，更加明白父母的愛有多麼的無私。為人子女最淒涼的是，當你懂得要報恩時，上天給你報恩的時間已然不多。

這個雨天，我憂傷地決定，今年回家，我要在每個午後，為他們泡一杯濃茶，陪他們聊聊一年來的心情，回憶回憶逝去的往事。

5 寧夏回族自治區。

說說鬼這回事

中國人歷來敬重祖先、敬重鬼神，所以這一天照例是要祭祖燒紙錢的。錢這個東西真是好，到了陰間也是硬通貨。老話說，有錢能使鬼推磨，話是如此，但我不太明白為什麼不讓小鬼幹別的，可能推磨是陰間一項娛樂活動，類似鋼管舞或者胸口碎大石什麼的。我從小到大見過不同版本的紙錢，起初面值只有上萬的，如今動輒幾億幾十億，可見蒼茫的大時代裡，陰間的 CPI 指數其實也不容樂觀。

據說整個鬼月都是孤魂野鬼們來陽間旅遊的黃金小長假，而中元節那天更是旅遊高峰，鬼門大開，不知道黃泉路的交通會不會因此癱瘓，也不知道閻王爺有沒有實行單雙號限行，更不知道鬼門關是不是免收過路費。總之七月十五當天是很容易見鬼的，所以有許多禁忌。我便在那天給一些身邊的朋友發了短信，關切地提醒他們入夜以後，千萬不要輕易外出，因為他們長得實在太醜，容易嚇到夜路的旅人。除此之外，女子也不宜在當天深夜獨自在洗手間裡照鏡子，否則你會恐怖地發現，鏡子裡有一張自己卸過妝的臉。

傳說裡鬼並非千篇一律、長相雷同，按照往生時的狀態，有不同的分類和名稱。例如淹死的往往便成為水鬼，若是怨氣太重，還會在水裡找

人大腿，尋求替身。《太平廣記》裡則記載，被老虎咬死的人會成為「倀」，專門勾引活人去重蹈他的覆轍，這便是成語「為虎作倀」的出處。

當然鬼也不總是害人嚇人，我猜測膽小鬼便是見人就躲的。小氣鬼和酒鬼應該也沒什麼威懾力。而最可憐的據說是上吊而死的男子，因為「吊死」和「屌絲」諧音，若是他們在陰間認識了心儀的女鬼，一開口自我介紹：你好，我是吊死……只怕話沒說完，女鬼便呵呵一笑，幽幽飄走了。

鬼這東西，有人信，就有人不信，而且均無法說服對方。不信的人說從來沒見過，信的人就反問沒見過就代表不存在嗎？其實從舉證的義務來講，不存在是無法證明的，所以必須由那些信的人來找出確實有鬼的證據，但目前已存的材料，要不是偽造，便是沒有什麼說服力。

我屬於不信的其中之一。記得我爺爺生前便很關愛我，經常語重心長地教育我不要找顴骨高的女子，因為剋夫。自他過世後，每逢清明或忌日，全家紙錢、供食一樣不少快遞給他，不可謂不殷勤、不周到，可是直到現在，他都沒有托夢告訴我們隨便哪一期雙色球的號碼，足見我爺爺確是化作一杯黃土了，而不是一縷神出鬼沒的幽魂。而且我雖然不信鬼，但總愛看怪力亂神的小說，尤其喜歡女鬼深夜勾搭窮秀才的橋段。好歹我也作了這麼多年的窮書生，卻連半個這樣投懷送抱、軟玉溫香的女色鬼都沒有遇上，我的絕望，想必你也能想像。

七夕是女人和商人的節日

西元二零一三年八月十二日，是我與我家娘子工作五周年的大好日子。此時是晚上九點，正值良宵，于情於理我應該和她出門花前月下，胡吃海喝。可是實際情況是，我正枯坐燈下，如怨婦一般默然面對稿紙發愁。因為明天上午便是專欄截稿之時，為了能換得五斗米的稿費，我躊躇半天，還是毫無氣節地折了腰。

讓浪漫暫時見鬼去吧！我安慰自己好在第二天便是七夕，可以彌補遺憾。

七夕是傳統佳節，是傳說中一對著名的癡男怨女的相會之期。該癡男有個很香豔的名字叫牛郎。他將於當夜乘著月黑風高，踩上一座用鳥搭建的橋。而此時，他的相好織女小姐，正流著眼淚在橋中央翹首等待。據說從地球上便可以目睹這一場乾柴烈火的盛會。但我從小看到現在，每次眼睛都瞪痛了也沒看出什麼究竟。

牛郎與織女的故事對於後人還是頗有指導意義的。從某種程度而言，這是一個典型的屌絲逆襲成功案例。雖然是乘織女洗澡時偷了衣服以此要脅，方法上確有些不齒，但畢竟給現代的有志同胞點明了一條可行的捷徑：若想染指女神，可以去應聘或賄賂澡堂員工。

故事的後來，牛郎織女還是分開了，原因眾說紛紜，有傳說是王母幹的，這婆娘反正歷史不清白，幾乎沒幹過什麼好事。還有人說是織女自己離開的，因為牛郎一直買不起市中心的房子。像我這麼有理性的人，當然不會相信這些無稽之談。我比較相信我的朋友劍神葡萄。他說，牛郎星在天鷹座，織女星在天琴座，兩人之所以分開，是因為星座不合。嗯，這麼一解釋，就科學合理了許多。

牛郎織女的傳說比較粗略，缺乏必要的細節。比如兩人一年一度的相會有多長時間，會做些什麼就不得而知了。據我猜測，很可能是這樣的：牛郎挑著一對兒女踏上鵲橋，一家人團圓喜極而泣。寒暄過後，兒子從小書包裡掏出作業本，給織女朗讀獲獎作文《我的媽媽》，感動得織女涕淚齊流，激動之下一頭栽倒。這邊廂剛清醒，那邊廂女兒又從書包裡掏出本學期「三好學生」的獎狀，母親巨大的幸福和悲傷交織，腦袋一歪、又不省人事。等織女再次幽幽醒轉，天色已是發白，牛郎忍不住暗啐：這兩個小兔崽子！然後在曉光中挑著他們匆匆離開。

其實過去七夕也叫「乞巧節」，女子是要比賽心靈手巧，來吸引如意郎君的。如今的女子不再需要會針織女紅，甚至不必會洗衣做飯。所以七夕變得與婦女節，西洋情人節無異了，類似的節日一多，意義便寥寥。這一天和其他節日一樣，大約是所有女子與商家的高潮。因為她們均會大有收穫，商家有成倍的金銀進賬，女子則或收穫一顆閃亮的石頭，或收穫成捆芳香四溢的植物生殖器。根據物質守恆，則普天下男士必有虧損。寫到此處，想到明天，我摸了摸乾癟的錢囊，頓時黯然失色。

詩和情就像一場夢

十四年前的六月某一天，畢業班的我臉上帶著一絲憂傷逡巡在教室裡，抓住每一個從我身邊走過的女同學，和她們大談高考之前的離別情緒，直到她們眼眶發紅，我便借機抓起她們的紅酥小手，陪著她們在暖風熏人的夏日一起垂淚。

就在我耍流氓耍得興奮之時，忽覺背上一凜，冷汗涔涔，回身一瞧，眼前赫然浮起一張滿是褶子的老臉，正是我校著名才子教師老胡。老胡猥瑣地笑了兩聲，拍拍我的肩膀，說道：跟我來。我跟在他後面，心情忐忑得像落入流氓之手的純情少女。

老胡將我帶進空無一人的辦公室，打開抽屜，拿出一本書來，柔聲對我說：小戴你快畢業了，今後未必能再見，這本書且贈你留念。一九九九年的夏天終究沒有發生不倫事件，而是上演了一幕依依惜別。十四年後，昨夜我從書櫃裡抽出這本叫《詩人哲學家》的書來，翻開扉頁，上面的題字依然清晰：「九天鯤鵬，碧海長鯨。老胡贈。」我心頭一緊，差點從眼裡流出些液體來。老胡是我最敬重的恩師之一，當年他對我寄望甚高，可我逐漸在流年裡消磨了鬥志和理想，除了交過一個哲學系的女友，既沒有當上哲學家，也沒有當成詩人。

我當不成詩人，是因為寫詩的都有特殊的氣質，或者脆弱，或者熱情，或者抑鬱，或者神經，但無一例外都很敏感。我二十歲之前也很敏感，喜歡讀詩寫詩，十六歲畢業那年拿了不少小詩與女生一一話別。所以我得承認，詩其實是個好東西，對於情竇初開的文藝蘿莉，殺傷力不亞於九十九朵玫瑰，當年我們班的女生讀完我的詩後再看我的眼神，彷彿花癡一般，著實令人享受。而且寫詩要經濟許多，上廁所的功夫就能憋出一首，還不用擔心品質，可以稱其為「朦朧詩」，反正對方也未必能讀懂。

其實以詩表情古已有之，最初的詩無非是口頭的歌，《詩經》裡的國風就如同現今的山歌一般，內容也多是郎情妾意，懷春思人。再往後歷朝文人墨客，都有拿酸溜溜的情詩送給表妹、心上人和青樓藝妓的範例。最出名的當屬柳永，據說他填的情意綿綿的詞和相贈的姑娘，連起來可以繞地球七圈。所以說穿了，當年風靡同班女生的我也不過是站在了這些前輩巨人的肩膀上。

但是若拿詩當萬能的把妹利器，怕是要吃虧的。成年女性除開部分文藝女青年，多半是不吃這一套的。我時常在《非誠勿擾》裡看到老大不小還愛好文學，喜愛作詩的男子，這種人很容易分辨，一言以蔽之即是氣質相當不正常。往往他們還要在節目上朗誦自己的得意作品，但更往往還沒等他們讀完，女嘉賓的燈早已殘酷地熄滅殆盡。

詩在現實社會裡的地位便是如此。最近熱映的電影《致青春》裡，有位男青年張開也喜歡寫詩贈人，結局我們都知道了，畢業多年後大家都發達了，連曾經最屌絲的陳孝正都混成了著名建築設計師，唯有熱愛文學的小張依然一貧如洗，寂寞如風。我看到此幕，仿佛看到過去的自己，和那些寫過的詩、愛過的女子。那一瞬間，詩人、詩情、愛人、愛情，都像是在逝去青春裡做了一場無關痛癢的大夢。

旅行的意義在拍照

身體和靈魂，總要有一個在路上。這說的是文藝青年要麼就是在旅行，要麼就是在讀書，讓思想遠航。照此標準，我有一度也算是讓人憂傷的文藝男一枚，那段時間裡我在玩魔獸世界，老是被怪物殺死，所以你看我的電腦螢幕，身體和靈魂總有一個在路上跑，身體跑是為了去打怪，靈魂跑則是為了去撿屍。

除此之外，我是懶得去任何地方旅行的。有人總結了「人一生一定要去的五十個地方」，說來慚愧，其中提到的地方，包括梵蒂岡、巴黎、威尼斯、馬爾地夫，甚至連最近的香港我都沒有去過。當然我也曾經飛去世界各地，只是我去的城市都是雷霆崖、幽暗城、奧格瑞瑪、鐵爐堡和暴風城等等，說起來也要好幾十個金幣飛一次呢。

綜上所述，我其實是個無聊透頂的宅男。也難怪我家娘子時常埋怨，說我毫無情趣了。她就極愛旅行，時常乘週末就思忖著要到周邊的城市去走走，長假更是不肯放過。迫於她的淫威，我只能屈服，每次都像個跟屁蟲一樣在後面提包兼拍照。時間一長我便發現，我家娘子其實不是愛旅行，她只是愛把自己擺到不同的風景裡拍照，以便臭美。

拍照大概是所有旅行者必做的事情之一，女文青尤甚。也是，若連

個照片都不拍，將來怎麼在朋友面前證明自己來過此處？怎麼證明自己的身體和靈魂曾經在這片土地上進行過田徑賽呢？不同的是，普通旅行者拍完照多數就罷了，女文青是一定要精挑細選美化上傳，再配以憂傷明媚不知所云的文字的。最弔詭的是，她們的配圖文大多逃不開「一個人旅行」的主題，所以那些頗為專業的照片不知道是誰幫她們拍的。我在夜裡看到這類圖文，總覺得文藝少女會瞬間變身靈異少女，忍不住直打哆嗦。

在攝像技術尚未問世之前，旅行者想要記錄旅行的意義，就只能依託文字。許多年前，有個叫玄奘的和尚一路向西，旅行的意義都暗藏在他後來翻譯的佛經裡。再往後又有個叫徐霞客的富二代，終其一生遊山玩水，雖然據說他一路上都改不了紈絝子弟的臭毛病，好歹也留了部記載詳實的遊記。西方也有位富二代馬可波羅，也是四方遊歷，甚至到過遙遠的中國為元朝服務，但現在有些學者懷疑他的遊記只不過是在吹牛逼。

旅行也許就像個萬花筒，每個人看到的意義都不一樣。在我有限的遠足裡，最銷魂的一次是和前同事一起去塞班島。那裡藍天碧海，空氣乾淨的令人髮指。身在塞班，仿佛身處天堂。所以我的那班同事一個個都尋求到了旅行的真意，有的沒日沒夜泡在免稅店刷卡購買奢侈品，有的整天在酒店的泳池或沙灘上搭訕穿比基尼的異國姑娘，而彼時，好吃懶做的我，正在一隻隻黃金烤乳豬的迷魂陣裡流連忘返。

愛情是大學的主旋律，瞎了眼的挺多的

各省高校的錄取分數線最近陸續公佈了，兩個月後，又將有一批毛頭小子懷揣各種夢想，踏入某座或熟悉或陌生的城市校園，開始一段奇妙的青春。

週末恰好在南京出差，十四年前我也是在夏天到了江北那座荒涼的校區，開始大學生活的。如今的南京處處在基建，機器轟鳴，塵土飛揚，梧桐也伐了不少，少了幾分當年的靜默。我就讀的校區也搬去了仙林，舊址成了金陵學院。我開著車在這座舊識的城市裡晃蕩，不免有些恍惚。紅燈時，我照照鏡子，裡面的人也不再是容貌清秀、眼神迷茫的少年。十四年，紅塵變幻，物是人非。我仔細地回憶自己的大學生涯，仿佛也沒什麼值得記述的。

時光久遠，我都忘了當年報導時，是哪位學長接待的我，只記得浦苑的大平臺人山人海，新生充滿期待地尋找自己院系，如同尋找一份幸福的歸宿，而老生則熱情地接待著學弟學妹，更熱情地接待著漂亮的學弟學妹。這樣的迎新一年一次，去年還略顯稚嫩的青澀師弟，一年後便成了在人群裡熟練搜尋美女的鹹濕師兄。我當年就是其中之一，可惜造化弄人，幾次迎新接到的都是五大三粗的糙漢子。這可能跟我讀理工科也有關係，

眾所周知，在這樣的科系裡，遇到漂亮學妹的機率，比走在路上被雷劈都小。

本系的資源少，只能把毒手伸向同鄉。大凡熱衷於搞同鄉會的師兄，幾乎都有把妹的嫌疑。新來的學妹孤身在陌生的城市裡，寂寞又缺乏安全感，突然聽到師兄一口鄉音，多麼親切啊！再聊幾句家鄉的人和事，立馬距離拉近了不少。殊不知師兄正是想借此機會乘虛而入，把老鄉發展成老相好。當年我們同鄉會上，就有人如此成功騙取了無知師妹的歡心，簡直喪心病狂，完全沒把我這個同鄉會的組織者放在眼裡。

凡認真走過，必留痕跡。凡認真追過，也必有奇跡。在大學校園裡，郎才女貌，令人欣羨的佳侶時常能有，而各種不搭調的組合也並不少見。我見過一米九十多熊一樣的男生，牽著一米五的女友夕陽下散步，遠看就像是在遛狗。也見過清純可人的系花，與邋遢磕磣的男友親嘴，遠看就像是在餵豬，簡直令人哀其不幸，怒其不爭。相比踏入社會以後，這段時期裡，逆襲的可能性要大得多。愛情是大學生涯裡的主旋律，可能人人都期待在最美的年華裡去愛和被愛，所以造成了一定程度上的寧濫勿缺。

大學愛情鮮有完美結局的，但過程美麗同樣重要。愛情也是我大學時期的一條暗線，在如夢一樣的幾年裡，愛過一些人，傷過一些人，不過最後也錯身而過了。十四年後，當年的悲歡離合，都在時光裡發酵成了青春的紀念。

週末南京的陽光異常好，透過車窗刺得我睜不開眼，如同當年那些美好的陽光燦爛的日子。我突然很想回浦口的舊校區看看，不為曾經愛過的人，只為自己揮霍在校園裡那段愛過的青春。

坐在時光兩岸，看著看著便互相厭倦

年紀一大，我就喜歡坐在時光兩岸看風景，最近看到的是一張熟悉的老臉，快二十年不見了，電視裡看上去還和以前差不多，一樣的醜。現在的後生仔應該不認識這個叫文章的歌手了，如今的小姑娘只會對著馬伊琍的老公發花癡。但是想當年他還是有些名聲的。那個年代歌星也少，不像現在跟母雞下蛋那麼容易，一夜能出來好幾個。文章首唱了《故鄉的雲》和《三百六十五里路》，可惜這兩支歌都紅在翻唱的人手裡，只能怪時乖運蹇。後來他便一直半紅不紅，徘徊在二三線，直至銷聲匿跡。

年過半百複出，多半是為了謀生，可知世事艱難。但細數那些腆著老臉重新爬上舞臺的明星，複出後的光芒多半寥寥，甚至慘澹。不知他們在曲終人散後是否會感慨，原來時光才是最犀利的對手，它能輕易把正太變成肥男，蘿莉變成少婦，把柳下惠變成西門慶，把當紅炸子雞變成過氣黃花。

我們坐在時光的兩岸，似乎一切都在悄然改變。

從南京回到故鄉這一年半，參加了好幾次同學聚會。頭一次看到隔別多年的舊友，差點驚呆了。當年無論俊醜，起碼個個身量苗條，只是在光陰裡打了個滾，已然都像氣球般臃腫。偷偷看一眼那些曾經水靈靈的女生，也都粉塵遮面，顏色憔悴，簡直不忍卒視。我頓時失了和她們敘敘舊情的興趣。唉，忍看阿麗成豬扒，暗向桌頭覓紙巾。抹完眼淚，我黯然掏出手機，在席間扮起羞澀來。

其實我自己也好不到哪兒去，睽違多年的長輩見著我，幾乎都認不出來，直至我自我介紹後，方作恍然大悟狀直搖頭：哎，小時候長得挺清秀，現在完全變樣了嘛。言下之意我已然被歲月磨礪成了一個粗糙的猥瑣男。呵呵，是啊。我嘴裡笑著附和，心裡已然恨不得要和這位長輩斷絕關係。

時光改變容貌，也能還原一些真相。記得我年少時無比鍾情的歌手女組合 TWINS，覺得阿嬌和阿 SA 清純可人，秀色可餐。尤其是阿嬌，在鏡頭前嬌羞地拒絕婚前那什麼生活，簡直惹人憐愛。後來卻發現在陳老師的鏡頭前她又是另外一款造型，真是百變。而阿 SA 則直到受不了鄭太子常常流連風月場所，要離婚了方承認早就嫁做人婦。不由得令人感慨：流光容易把人拋，綠了阿 SA，紅了阿嬌。當然男歡女愛都是正常事，只是把謊言放在時光裡發酵，遲早都會有臭味。

也有人一起坐在時光兩岸，看著看著便互相厭倦的。我的朋友基本都已三十開外，成家已久。其中有幾對已經草草收場，互換終身伴侶了。計較誰對誰錯，誰曾經說過永遠，誰最後先說再見都沒什麼意義，總之，都沒能敵得過平淡流年。不過越是看多了這樣的故事，我倒越是對依舊相守的那些心懷敬意。時光總是匆匆，改變總是匆匆，我已接受了風霜，也接受了無常。但我還是希望餘生能和愛的人坐在時光兩岸，變成一道一起衰老的風景。

不是怕死 而是貪生

話說在上古時代某個伸手不見五指的夜晚，正所謂「月黑造人夜，風高去火天」，一對狗男女鬼鬼祟祟跑到野外，道貌岸然地寒暄了幾句之後，迫不及待、火急火燎、吭哧吭哧地進行了一項簡單的活塞運動，並伴隨著產生了一些發光（眼睛）發熱（身體）等物理變化。在乾柴烈火燃燒殆盡後，這對狗男女居然又相擁起誓，扮純情走起文藝青年路線，真是兩面三刀。他們的誓言如下：「上邪，我欲與君相知，長命無絕衰。山無稜，江水為竭。冬雷震震，夏雨雪。天地合，乃敢與君絕。」用《花田喜事》裡黃百鳴的名言來說就是：「哇，好一對蕩男癡女，一會兒坦蕩蕩，一會兒白癡癡。」

如今流行穿越，假設這對野鴛鴦來到去年，我疑心他們不會再輕易起誓，因為誓言裡的內容：山無稜、江水為竭、冬雷震震、夏雨雪，我記得在去年瑪雅預言的世界末日前，好像都在世人眼前一一實現了。當然不排除他們死腦筋，依然雙目含情，眼波流轉，對著老天豎起四根手指，那就沒辦法了，誰讓他們沒看過《2012》。

地球人2012的末日情緒異常濃厚。其實一九九九年底世紀之交時也曾有過末日傳言，但既不像瑪雅人那般言之鑿鑿，也未有好事者拍成電影

極盡渲染，故一夜醒來，便如春夢了無痕般忘卻於腦後了。然而二零一二年十二月之前，卻人人自危，尤其是眼見著一幕幕天災接二連三地從電影情節變成人間慘劇。

後來的事實證明，地球的末日並不在二零一二，但人的生命短暫，大限說不準就在眼前。我大學的一位恩師，平時精力充沛，極為健談。突然有天被查出得了肝癌，仿佛一夜之間便形銷骨立，沉默寡言，數月之後便撒手人寰。我的舅外公，前年年底還和我在麻將桌上鏖戰，一胡牌便驕傲地抱胸，氣勢奪人。誰知沒過多久忽然便不行了，我遠在南京連最後一面都未見到。也不知在天堂裡，他有沒有找到自己的麻將搭子。

我也害怕末日，害怕大限。不是怕死，而是貪生。

我想絕大多數人亦是如此，縱使你日日哭爹喊娘說自己活得有多累，但真到大難臨頭時，多半仍捨不得人間的歡愛、溫情與名利。十幾年前我曾沒心沒肺地想，在年華老去前，我一定要選擇自我了結。及至看到父母在歲月裡白髮漸生，嬌妻在緣分中如花綻放，還有幼子也像一個天使般快樂成長，我無法再輕言結束生命，反而更加珍惜在塵世的每一秒鐘，儘量讓家人快樂，讓自己坦然。

討論末日便有一個問題：如果生命只剩最後五分鐘，你會做什麼？男人千萬別對自己女友說，我要跟你OOXX。這是有前車之鑒的。某刻薄女便回她男友說，那剩下四分鐘呢？水準和雷政富相似的尤其不能問這個問題。所以為避免尷尬，你不如玩玩浪漫，擁著她，一起背背千年前那對男女的誓言，一起看看雷陣雨流星雨什麼的。而我，如果生命只有五分鐘了，可能會選擇去上班，因為坐在辦公室裡，我會感覺度日如年。

被現實擊傷的提款卡

不久前，虛幻的網路差點上演一齣真實的童話。

故事的情節是，十一年前，小男孩給大姐姐寫信問：「你可不可以做我女朋友。」她開玩笑地回信說，好，但要等你掙到第一個一百萬再來找我。十一年後，多少人和事都在歲月的暗流中或相忘、或溺亡，她卻忽然接到了他的電話。我做到了！電話那頭的她頓時情難自抑，淚流滿面。

可惜故事到這裡就沒了下文，於是一貫愛好美麗童話的我只好狗尾續貂。按照邏輯，小男孩高興地說：我賺到一百萬了，大姐姐一定會情難自抑，淚流滿面地質問他：「你聽說過通貨膨脹嗎？」

玩笑歸玩笑，但善於抽絲剝繭的人一定同時也發現，如果這個故事裡少了一百萬的元素，童話瞬間會遜色很多。

事實就是這麼無奈。錢也被稱為阿堵物，從古至今都嫌它髒，卻又都把它作為生活的重心，和追求的重點。

拿我來說，年少時我曾視錢財如糞土。在渾濁的塵世裡晃蕩了幾年後，現在的理想其實也差不多，我衷心希望一夜醒來，大家都視錢財如糞土。然後我神情肅殺，毅然戴上墨鏡和口罩，應聘掏糞工去。

一位常出現在中學政治課本上的名人曾說，攀比心是人類進步的一大動力。所以男人在公廁噓噓時，不得不忍受兩邊噓友偷窺的目光。不光男子，有許多女人在街上看見擦肩而過的雌性動物，也一定要全方位掃描她的衣著、首飾、拎包，若不如自己，頓時興奮得如同嗑藥。

男人的這種攀比無甚危害，哪怕不小心瞥見龐然大物，頂多責怪自家的基因不良，倒也不至於嫉妒到要掏出小剪刀，引發血案。但女子的那種攀比就要命得多了。某年十一長假前，我家太太與朋友家太太逛完金鷹後，回來在我面前做扭捏狀，說那家太太今天買了個COBO的包包，好漂亮，我也想要一個好不好。末了還發毒誓，老公我答應你，買了這個我今年再也不買包包了。我的頭登時一個變成四個大。這種伎倆當然瞞不過我，不買包包還可以買鞋鞋，買衣衣，買戒戒……我顫顫巍巍地從兜裡掏出提款卡，邊遞給她邊心痛地說：「親愛的，這月手頭緊，買完包之後，豬肉就少稱兩斤吧。」

如果你有個這樣的老婆，就不難理解上面那一段中，我如何從一個清高少年變成了如今市儈的中年猥瑣男。你也無須指責我，現實歲月的暗流裡，幾乎無人能倖免這樣的轉變。因為每個人總會不經意地跟身邊的人攀比，然後不可避免的被一些人或事擊傷。

我就時常被電影擊傷。比如那一年的巨製《阿凡達》和卡梅隆，這傢伙有四億美金，居然不肯拿出一點點，來救濟依然在第三世界貧困中苦苦抗爭的我。所以我很受傷。我憂鬱地鑽進影院，把《阿凡達》從頭到尾看了兩遍。當影片結束，我忽然醒悟到四億美金就如此在我眼前流過，登時悲傷得難以自抑。

其實《阿凡達》的內容更傷人。女主角前一刻還在因為強拆死了父親，粗魯地驅逐男主角，下一刻當男主角騎著魅影玉樹臨風地出現，仿佛賓士車主走進了QQ車友聚會，女主角立馬扮弱不禁風狀，並且嬌滴滴地說，相公，奴家心裡好生害怕。喔，現實真他爹的淒厲。

前不久我故鄉也有件風月之事頗令人唏噓。一富商在商場購物時看中一收銀姑娘，得知已嫁作人婦。立刻豪擲一千萬贏得美人青睞，然後斥資兩百萬買得其丈夫首肯後，屁顛屁顛地雙飛去了。據說此事之後，每日有大批已嫁或未嫁的紅顏，排著隊要倒貼錢去那家商場做收銀。還有不少商場保安，在四處掃聽哪家的富豪顧客多，準備集體跳槽。

錢不能解決一切，但確實能解決許多人。

我碼下上一行字後，淒然一笑，暗暗問錢能不能解決我，稍一聯想，登時冷汗直冒，不敢繼續。

愛上一座城

最近頻繁奔波於宜興和南京，這是我命裡的兩個故鄉。上週末再一次去寧，為的是賣掉的房子買方要拿房產證了，需要原戶主過去簽字。我驅車一路向西，暮色從背後漸漸升起，我有些恍惚。這一年多來，我辭職賣房，不斷割斷與南京的聯繫。這趟去簽完字，那裡便不再有任何屬於我的事物了。這座城市，十幾年來從異鄉變為家鄉，如今終究又要變回異鄉。

愈靠近秦淮河，時光流淌得愈發緩慢。我十七歲時初訪金陵，第一站也是這裡。幾十年前，有位朱姓文人遊過此景後，寫了篇比秦淮水還要豔麗的文字，我讀罷便情根深種。只不過我見到秦淮河時，情景已大異。幾百年的歲月，早將過往豔史與六朝金粉一一滌淨。雕欄玉砌，青絲紅顏，都已不在，只有那碧幽幽的水，還在時間裡流淌。

車開到新街口，我指著一處廣場問身邊的妻子，還記得那裡嗎？她笑笑不說話。她當然記得，那年我追她時她猶豫不決，於是我乘去寧國旅遊的機會，在寺廟裡求了張姻緣簽，回來便在這個廣場給她看。也是今天一樣的月色，她也是今天一樣的笑臉。廣場對面還有家肯德基，那時我是沒情調的窮小子，常常請她光顧那裡，她也不嫌棄，兩個人在裡面吃的滿嘴都是油，吃完酸水直冒的我還在紙巾上寫了不少情話。

愛上一座城，多半是與耗費在這裡的青春和發生在這裡的美好有關。我從十九歲到三十二歲，最鮮衣怒馬的記憶都在這裡，每一個轉角，每一處街景都有不少故事，一下子全拋在幾百公里以外，當然不舍。我還記得寓居在大紗帽巷時每天清晨的鳥鳴，我還記得北京西路上參天的梧桐，我還記得和妻子在白馬公園拍照，天氣晴好，她穿著一襲白色婚紗，在陽光下明媚地像個天使。

十年一彈指，人生百年事。我在南京的十三年裡改變了許多，我從學生畢業成為工作者，從銷售做到 HR 再做到媒體企劃，又從單身變為丈夫，從兒子進化到老子，外形則從清秀日漸猥瑣和滄桑，鬍子從唇上爬滿了下巴。這座城市見證了時光在我身上的魔力，我也見證了這座城的風景變幻。十三年前，龍江還荒涼地像個農村，火車站則破舊得像個廢墟，國父離開了新街口又回來，一座座新樓樹立一片片老房被拆。我們像一對默契的伴侶，只是相伴從不多言，就在今夜終要告別了，我又突然不知道該說些什麼好。我只能放慢車速，讓這個告別儀式，儘量能進行地更久一些。

明天我就只有一個故鄉了，那也是美麗的江南城市，其實這一年來我已經開始適應，只是有時清晨醒轉，恍惚間會依舊以為照到我身上的，是金陵的陽光，我怔怔地開始刷牙洗臉，怔怔地回想一些舊事，總是一不小心就被牙膏嗆得直閃淚花。

所幸是城際高鐵就在近日開通了，從我現在身處的城市，到南京只需半個小時，這給了雙城生活的可能。也就是說，哪怕下班後前往，依然趕得上看金陵的華燈初上，依然趕得上吃一頓鴨血粉絲湯。鴨血粉絲湯裡有零星的鴨腸和鴨肝，我過去打趣給這碗湯起了個別名叫「肝腸寸斷」，現在想想與南京的告別，還真是貼切。

男人的最高境界

葉問雖然有李小龍這名舉世聞名的弟子作招牌，但真正火起來卻是因為幾年前甄子丹所主演的同名電影。在那部愛國主義動作片裡，葉問面對盛氣淩人的日本人，霸氣地吼道：我要打十個！簡直令人熱血沸騰。我有時也會吼：我要打十個，但都是對著樓下做灌餅的老闆，讓他幫我打十個雞蛋而已。所以威武不屈、打起架來拳拳到肉的葉問便成了陽剛的代表以及我崇拜的偶像。

但是這部電影裡塑造的葉問也有個小小缺陷，就是對老婆言聽計從，似乎有點唯唯諾諾。比如武師到家中百般挑釁，他忍氣吞聲，察言觀色，卻還是要等夫人發話才敢接受比武。雖然他辯解說：這個世界上沒有怕老婆的男人，只有尊重老婆的男人。但是實際上這就是大家眼裡的妻管嚴。我們甚至可以用這句話到朋友圈中測試，大凡你講出此句名言後，大加讚賞點頭稱是的男士，定然是家中養了一頭母老虎的。

據說社會最初形成時是母系的，不知當時的公猿和母猿究竟誰發號施令，不過可以料想大約是如此場景：一個洞穴內，母猿懷中的小猿嗷嗷待哺，餓的嚎啕大哭，只見母猿杏眼圓睜，哇哇一通大叫，於是幾名男猿悻悻地提著石頭和木棍，出洞採摘野果和狩獵野豬去了。

到父系氏族社會，男人便翻了天了，畢竟論武力，女人終究不是對手。好不容易能作威作福，男人便制定了一系列復仇的壓迫制度，剝削了女性幾千年。但是即便是在如此大好局面下，仍然有不少男同胞不珍惜既得利益，拱手將大權相讓。《河東獅吼》裡的陳季常便是最經典的案例，據野史說他一天不被妻子柳氏打罵便不爽，堪稱史上最早的受虐狂。而清人所編的《笑林廣記》中懼內笑話比比皆是，可見在妻管嚴的道路上，陳季常並不孤單。

到了民國時，文化界人士吳虞為女性振臂高呼「男女平等」，舊有的天地格局為之一震，短短百年後，女性那半邊天又大有壓倒這半邊的趨勢了。

比如李連杰雖然功夫了得，但他坦言：我的錢全部都由老婆保管。李安縱然拿了奧斯卡大獎，也不得不承認：家裡事全部都由老婆說了算。而漫畫家朱德庸說：男人的最高境界就是要做「賤好男人」，一切以老婆為上，當牛做馬，萬死不辭。說起來的確慷慨，但我細細琢磨，總覺得背後藏著一部無法言說的血淚史。

我身邊的朋友也有妻管嚴患者，且不在少數。最直觀的證據便是在外邊胡吹亂侃，大顯男子氣概時，忽然手機顯示夫人來電，那時你看他，臉色大變，冷汗頻下，用顫抖的雙手接通電話時，回話的音量已由豪氣干雲變為低聲下氣，一口一個「是是是」，彷彿當年的翻譯官見了日本太君。

妻管嚴男子的症狀普遍還有，經濟大權由夫人掌管，每月只能領份內的零花錢；芝麻綠豆的事都要向夫人彙報；家中的家務全包等等，本來我還想多說一些，忽然一想，今天的衣服還沒洗地板尚未拖呢，那啥，眾看官還是稍待片刻先吧。

相逢恨早與恨晚

某個春風沉醉的夜晚，我與一名死黨緊緊相依，面帶紅潮，眼波流轉，扭動四肢，春情洋溢，同時嘴裡還情不自禁的發出各種叫聲。在我們四周，則擠滿了神情相似、放浪形骸的癡男怨女。若不是我們均衣冠楚楚，沒有坦誠相對。你一定以為自己走進了某個少兒不宜的派對現場。

實際情況是，我們只不過是在附和著趙傳——舞臺中央那個中年的禿頂歌手，在一首又一首古老的歌曲裡，追憶各自逝去的年華而已。再堅硬的人一旦陷入回憶的漩渦，也容易變得敏感脆弱。於是紫色的夜霧裡，死黨襯著高亢的背景音樂，幽然問我，有沒有哪一首歌，你一唱便會想起某個人？我說有，我一唱《十八摸》便想起韋小寶。死黨知道我在開玩笑，輕輕一笑，又沉浸到憂傷的歌聲裡去了。

其實我何嘗不知道他是想起了某個舊時女子呢。能觸動人情懷的，有時不止是一首歌，也許一個日子、一本書、一句話，都能輕易把你扯進過往，然後或心酸、或遺憾、或悵然，或悲涼，總之難以抵擋。誰的生命裡不是充滿了相逢恨早或是恨晚的故事呢。

我讀過一本記載民國人物的閒書，多是些感情逸事，林林總總，紛繁複雜，一言以蔽之，卻無非是「恨晚」兩字。魯迅有髮妻，見到許廣平，

恨晚了；蔣介石有原配，見到宋美齡，恨晚了。徐志摩見到林徽因，也恨晚了，不惜與張幼儀結束七年的婚姻，及至與林徽因無果，認識了陸小曼，又恨晚了。所以徐悲鴻在送給他的畫作《貓》中題字揶揄說：志摩多所戀愛，今乃及貓……其實這真是五十步笑一百步，我這位畫家老鄉的風流韻事一點兒不比詩人少。所以恨晚雖是婚姻制度下的平常事，我總疑心它也會成為風流的好托詞。

我家娘子也擔心我，所以經常在夜裡殘忍逼供：相公，若是以後你遇上比我好的女子，你會動心嗎？我若是書呆子，必會告知其，根據宇宙間萬物發展的不確定性，也許會。則我當夜必然要抱個枕頭獨自去客廳睡。所以我總是一本正經地一手抓住皓腕，一手堵住她的紅唇嚴肅道：我不許你這麼說！遇到你已經是最幸運的事了，我到哪裡去找更好的人呢？她瞬間展顏，不再追問。我才得以留在溫暖的被窩。

我也懶得拷問自己，世事的確變遷無常，我家娘子的確有不足，但也有我極愛的優點。將來也許會遇上在那些不足處遠勝於她的女子，但同樣也會有遠不如她的缺點。我知這世上沒有完美的戀人，我也知要珍惜眼前人，或許這樣可以避免恨晚的遭遇罷。

作為一名爛熟的男子，恨早的故事我其實也有，在塵緣裡錯身的女子也要扳過去好幾個指頭了，同樣不想去多提。是時間的錯也好，是人的錯也好。過往畢竟是過往，說能完全忘記並不現實，當頁書簽收藏更好，偶爾牽動些懷舊的酸甜苦辣，如同細口細口的品酒，自有一番滋味。若是整日沉醉於此，未免耽擱了現世的幸福，於眼前人又不公了，不是嗎？

花開不易

半個月前我去參加初中時最好的哥們兒婚禮，新娘是小我們兩屆的師妹。他們兩人十八年前就樓上樓下眉來眼去，畢業後卻各奔西東，戀情從未真正開始。我的哥們兒在流年裡與別的女子成了親，又離婚。小師妹則不知出於什麼原因一直單身。幾年前，命運詭譎地把兩人從兩座不同的城市又拉到一起，一把熄滅的乾柴烈火就此復燃。

時光已然把我的哥們兒和新娘雕鑿得多了些倦態，看著兩人執手走上紅毯。我也不禁感慨：一對新夫妻，兩台老機器啊。

一段遲了十八年的姻緣能重新開始，不得不說頗有幾分玄妙。我小時候老愛看各種奇人奇事的誇張報導。比如張老三失蹤十年後出現卻容貌不變，比如李老頭死了後鄰村的王老太如鬼上身性情大變。及至成年後我知道那些都是荒誕不經的無稽之談，世上最神秘的事情，是兩個人如何悄然無聲地走進彼此心裡。

一場戀情的開始說易不易。誰都說不出什麼才是相愛的充分必要條件。兩個人哪怕天天膩在一起，日久也未必能催情。有句很流行的話是這麼說的：前生五百次回眸，才換來今世的擦肩而過。可見要讓彼此相愛，可能需要上輩子有個相當健康的脖子。照此說，這輩子的剩男剩女，估計前世都是嚴重的頸椎病患者。我每每想及此處，總是悲傷難抑。因為常在電腦前久坐，我的肩頸老是酸痛，路上遇到美女也不能瀟灑地別過頭來作深情回眸，看來下輩子我註定是要命犯天煞孤星了。

一場戀情的開始說難也不難。感覺對了，一秒鐘的對視都能締結姻緣。世間還有種生物叫情種，他們的特點是一年四季春常在，人間處處有花開，走到哪裡，愛的種子便灑到哪裡。這些人的愛情仿佛天生有催化劑，來得特別容易。有理由相信，他們前世一定經常鍛煉頸椎。金庸大師的表哥便是著名情種，他的情花甚至開到了英國，還開進了人家夫妻的家裡。估計金大師是不齒他的作為的，所以才把這位表哥徐志摩的筆名「雲中鶴」安在了《天龍八部》裡的淫賊身上。

我與我家娘子的開始也頗奇妙。那年我是公司主管，要招聘一名助理，前來面試者雲集。但是只有她坐到我對面時，一問三不知，只知道傻笑。後來她屈服我的淫威下嫁於我後，透露說：當時只看了我一眼，便覺得和我之間必然會有故事。她時常在春風沉醉的夜裡言之鑿鑿回憶此事，得意得就像一個占卜應驗的巫婆。

我們總是對戀情的開始不吝讚賞，仿佛看到一朵花於世綻放。然而煞風景的是，並非所有的花都能經得起風吹雨打。與未明其因的開始相比，感情的結束雖然談不上有具體的臨界點，但起碼遵循了量變到質變的規律，多半是生活矛盾積累所致。一對情侶走到一起是因為相愛，分開卻總是因為相處。不久前潘粵明和董潔鬧離婚，曾經一起秀恩愛的金童玉女，如今惡語相向、互相指責生活裡的缺點，直斥對方是個十惡不赦的爛人，令人跌破了好幾副眼鏡。類似的事情並不少見，再回首幾年前就成陌路的另一對金童玉女謝霆鋒和張柏芝，不免又是一番唏噓。

看多了開始和結束，便知情路也無常，但是紅包錢卻還是要照常。在我哥們兒的婚禮上，我心疼地從口袋掏出紅包，上面我淚流滿面地寫了幾個大字：花開不易，願君惜取。

老牛銜嫩草

我家娘子與我成親時剛滿二十周歲，而我已是二十八的熟男。每當周圍人得知這一事時，總是以異樣的目光掃視我，仿佛在看一個犯了重罪的老流氓。旋而他們又紛紛發出嘖嘖的讚歎聲，好像我又占了什麼天大的便宜。轉變之快，令我實在猜不透在他們心裡，此事究竟是好是壞。

在摧殘花朵方面，我顯然不是始作俑者，據我所知，我的偶像著名專欄作家劉原也毒害了一名小他八歲的幼齒。時光再前推，國父孫中山在年近不惑時娶了十五歲的日籍女子大月熏，則簡直令人髮指。

民間習慣把這類結合稱之為：老牛吃嫩草。但顯然並未統一認識，究竟相差幾歲以上才稱得上「老少配」。據說成功人士的標準是：老婆至少要比自己小20歲，照此條件，我離成功人士，還有著不小的硬體差距。還有人稱，相比女子，男人才最專一，因為不管是鮮衣怒馬的青年，還是鬚髮皆白的老朽，永遠最愛二十歲的妙齡美女。我估摸著，或許這也是導致老夫少妻增多的一大主因。

然而老牛銜嫩草，雖惹人妒，實際多不被看好。

首先如果說三歲一代溝，那牛與草之間，起碼隔著條鴻溝。我有個六十後的同事，某天拿著一張紙條來找我，說能不能給我解釋一下。我定

睛一看，紙條上寫著數十個網路流行詞彙：奇葩、逆襲、屌絲、節操……我愣了半天不知該如何下嘴。在我的語境裡可以意會的，對他則如同天書。可以想像，許多嫩草對著自家那頭老牛一口一個「神馬、直男、狗血、吐槽」，其實無異於對牛彈琴。

其次，視野裡可見的老夫少妻，大部分皆非原配。陳凱歌和陳紅相差十六歲，姜文和周韻相差二十歲，梁錦松和伏明霞相差二十六歲，楊振寧和翁帆相差……故事裡的男主角統統前情告吹，卻又個個功成名就，這便難免讓人猜測女主角看上他究竟是出於何意。當然，不能斷定就不是真愛，也不能因此認為不幸福，但婚姻有時如同手機，不是原裝的，又拿60年產的電池配80年產的螢幕，總會讓人懷疑哪裡有問題。

從生物學角度來看，老夫少妻也不是最佳選擇。當你漸漸在歲月面前無力低頭，她卻依然如狼似虎恨不得生吞活剝，許多悲劇便在此時釀成。曾經有位八十老翁迎娶二八少女。不久少女便珠胎暗結。老翁悄悄問醫生：「這可是我種下的善果？」醫生半晌答道：「不如我與你講個故事。從前有人拿著雨傘忽遇猛虎，慌亂間抬傘便射，猛虎應聲倒地。卻是為何？」老翁不假思索道：「那是別人幹的。」醫生笑言：「沒錯，我也是這樣想的。」

說了半天，全然忘了是在自黑，畢竟我家也有嫩妻一枚。所幸我與她年齡懸殊不大，又是原配。其實少夫少妻也好、老夫少妻也好，有愛都能白首同心，無愛同樣寸步難行。既在塵世裡銜了這朵嬌豔的花，就當勤加照料，百般呵護，當好一頭盡職的老牛。

法海你不懂愛

某日我閑坐家中，百無聊賴地在網上翻看，忽然一個帖子躍入視野，幾個閃爍的關鍵字差點亮瞎雙眼：人獸、束縛、多P、宗教……我匆忙拉上窗簾，調低電腦音量，用顫抖的右手點開視頻，正四處尋覓紙巾時，前奏音樂悠然響起：千年等一回，我無悔啊啊啊啊……我頓時唏噓地淚流滿面，為何這世上總是有那麼多欺世盜名之徒呢？

實在找不出比白素貞更適合代言蛇年的了。作為重播次數堪比《還珠格格》的月經神劇，《新白娘子傳奇》勢必會被搬出更多次，該劇頭號反派法海老和尚也躺著中槍，勢必會面臨新一輪老幼觀眾的口誅和腹誹。神曲歌唱家龔琳娜在年前就已率先垂範，為同仇敵愾者擬好了討伐口號，在她的新作中如此唱道：「法海你不懂愛，雷峰塔會掉下來。」雖未明言，但我揣摩言下之意，大概是最好雷峰塔掉下來能順便砸死這個作惡的老禿驢，所以這歌詞的歹毒程度已經直逼桀小人。

文藝作品裡的和尚對於人間情愛，總是兩極化，要麼像流氓，要麼像太監。相同之處是都不討喜。所以《水滸傳》裡的淫僧裴如海被宰了；而法海雖在小說裡得了道，在民間男女的心裡卻不知道被咒死了多少回。他的罪行正如龔大師所言：法海你不懂愛。不懂愛就算了，你可以修你的佛參你的禪，為何偏生要狗拿耗子，往恩愛夫妻裡橫插一腳，害得夫妻分居、骨肉分離、閨蜜分別，生生折騰出一幕幕人間悲劇，不罵你罵誰！

現實是苦難、不完美的，人對於情愛總是帶了美好的期許。「勸合不勸分」是人之常情。在如此的民間基礎上，棒打鴛鴦簡直是大逆不道。因此法海成了眾矢之的，《牛郎織女》裡的王母、《孔雀東南飛》裡的婆婆也成了不懂愛的典型。

其實換個角度想，我們未必比這幾個眼裡的惡人更懂愛。王母不就像是活生生的我們的父母嗎？她之所以拒絕牛郎，無非是因為門不當戶不對，一個是天上女神，一個是人間屌絲，在一起的或然率本來就很低了，別看此刻恩愛，時間一長未必不會矛盾激化，感情淡去，甚而形同陌路。

同理，法海也如同許仙的家長，他反對的亦是身份差異：人蛇殊途。《白蛇傳》換成是瓊瑤寫就是這樣的。許仙是一個高富帥，有才有貌有產業，可惜愛上了非主流女孩白素貞，一來二去搞大了人家肚子。法海作為男主的母親，劇中的惡婆婆，堅決反對二人結合，私下約女主角見面，提出給女主角錢以補償，甚至可以贈送一套房子（雷峰塔），條件則是從此不許再糾纏男主。女主當然嚴辭拒絕，婆婆不依不饒，百般刁難。男主剛開始被蒙在鼓裡，逐漸撥雲見霧、真相大白。最後當然還是盡釋前嫌、團圓美滿、皆大歡喜。

由此可見，王母和法海、以及我們的父母未必真不懂愛，也許只是以過來人的經驗，希望我們愛得更好、走得更順。不過男歡女愛之事，總是不太願意被人干涉，更何況是以粗暴的手段。誠願世間所有家長，既懂自己的愛，也試著去相信下一代的愛。

善待愛情，遠離硝煙

我大學時有許多摯友，其中有一個可以評上世界耍酷先生，經典pose是一手插褲兜，一手撥髮。然後作一無比深情的甩頭。喔，最是那一甩頭的溫柔，恰似一朵狗尾巴花被人拔去的憂愁。他憑此深情款款的造型，在大二那年，成功勾得剛入學的師妹一名。從此晚上便不見蹤影。有一夜突然面如土色的跑回來，在我面前黯然流淚。一問才知，跟佳人吵架了，他一怒之下，用平時撥髮的手狠狠地扇了對方一耳光，也一下子扇走了他短命的愛情。這麼多年過去了，不知穿過黑髮的他的鹹豬手，又在喧囂的俗世裡，傷了多少佳麗。

其實我聽聞的暴力案例，不止這一件。許多年前，我與另一摯友在南京老虎橋合租一房。某天深夜，熟睡中忽然被窸窸窣窣的動靜驚醒，疑心有賊。起身就著月光一看，發現那好友正蹲在角落，一下一下賣力地洗著女友的內衣，但他臉上木然的表情，如幽魂，如棄婦，實在令人難以忘懷。一問之下，原來是得罪佳人，略施小懲。但是私底下，我深以為這類午夜行刑，應該也算家庭暴力的一種。

暴力是感情與婚姻世界裡，繞不開又傷不起的一個話題。

周杰倫早在上個世紀就寫過膾炙人口的一首歌：《爸我回來了》。

詞中敘述一位母親的慘痛遭遇和父親醜陋的行為，進行了深刻的揭露和批判。時隔不久，另一位音樂人胡彥斌，也深情地在原創作品裡唱道：一堆男人下了班不回去，十幾個人坐在KTV……表面上是去唱過往傷心，但我估計「家有悍婦」才是背後的隱情。

從周杰倫的文藝作品到胡彥斌的，體現了家庭暴力隨時代特徵的演變。過去多是男人施暴，現在卻是眼見著河東獅的數量與日俱增了。且女性的暴力手段，據說更是花樣百出、五花八門。最常見的當然是遇見不平一聲吼，如果不見效，必然就是該出手時就出手。母老虎一發作，家中大小家具均是殺人滅口之必備武器，尤其是廚房，殺傷力絲毫不亞於一座軍火庫。美國就有一名男子，婚後飽受悍妻百般淩辱。真是孰可忍孰不可忍，於是憤而走險，持槍闖入銀行，既不蒙面，亦不射人，只是坐等警察前來抓捕，當真是悲壯得一場糊塗。在他眼裡，充斥暴力的洞房，已然不如牢房。

除此之外，與時俱進的還有冷暴力，與兵器的進化規律恰恰相反。對家裡那個死鬼或者冷眼相對，不理不睬。或者經濟封鎖，斷其糧草。雖不見血，卻也致命。感情這東西，說來堅韌，其實脆弱，無論什麼樣的暴力手段，總歸會留下無法彌補的傷痕。于人于己，于情於家，都無一絲益處。

想來想去，世間能癡迷和熱愛暴力遊戲的，只有虐待狂和受虐狂而已。古書上記載過一段趣事。一夫婦新婚夜，丈夫想起岳父岳母勢利，心生怒火，於是洞房前對婦人吼道，你父母著實可惡！然後行周公之禮時不免發狠用力。稍後又喝道，你嫂子也著實可惡，又發狠一次。終於疲憊不堪倒頭睡去。誰知那婦人一會兒又來搖他說，相公，我那弟弟雖然年幼，其實也很可惡。

所以要想徹底解決家庭暴力，看來只有希望要麼棋逢對手，要麼如周瑜和黃蓋，一個願打一個願挨。正所謂暴力男都娶受虐女，性冷婦終嫁陽痿夫，噢，他們終於達到生命的大和諧了。

那些騙子的事

我上小學的時候，有次回家途中目睹過一場拳王爭霸。

兩位二十來歲的小夥子因自行車相撞，先是引發口角，互不相讓，用各種方式表示衷心希望和對方的女性親屬進行零距離接觸，於是引發了一群不明真相的路人圍觀。繼而胖的那位開始動手，而瘦弱男卻光動嘴不動手，出奇地隱忍，直到忍無可忍，方從嘴裡惡狠狠吐出一句：「你再逼我，別怪我使出家傳絕學無敵鴛鴦腿！」

年幼的我擠在圍觀人群裡，忽然眼前一亮。如你所知，這個年紀的小男孩，總是幻想能結識一位武林高手，他看上我的資質，然後傳授給我絕學。可想而知我當時的心情有多激動，好比西門慶在武家樓下摸著劇痛的後腦勺，一抬頭卻見到了春天。

事情後來是這樣發展的，胖男小宇宙爆發，天馬流星拳逐漸加速，直接升級成暴揍。疑似武林高手的瘦弱男一招未出便倒地不支，只剩他的鴛鴦腿還在抽搐。

人群逐漸散去，那天我怏怏地走在夕陽下，想到這輩子認識的第一個高手竟然是個吹牛的騙子，頓時覺得無比悲觀絕望。

長大後我認識了更多冒充的高手和大師。比如上世紀九零年代，有

人宣稱發明了一種液體，往一桶清水裡面滴上幾滴，清水立馬能變汽油，比機器貓還神奇。可惜後來報導說他也是個騙子，為此我眼睛都哭紅了，因為我一直在期待這位老兄繼續科研，再接再厲，發明滴兩滴就能把一元變一百元的液體。

前些年李一道長號稱能駕馭兩百二十伏特電壓，還利用電流斷症治癌，結果證實是為了騙財，據說他常年使用一個破舊不堪的手機，有人建議其更換，他卻神秘一笑不置可否，後來發現正因為此，信徒才會常常贈送他高檔手機。俄羅斯最著名的妖僧拉斯普廷，因為生有神槍一杆，於是宣稱這是上帝賜給他拯救靈魂的武器，借此淫亂宮廷，財色兼收。詩云：胯下一根降魔杵，專門超度女施主。他的降魔杵至今還泡在博物館的福馬林裡供後人瞻仰。

哪怕披著信仰和神秘的外衣，騙子的手段仍然拙劣，奇怪的是高端的騙子往往有許多信眾，甚至不乏政界要人、商界鉅子和當紅明星。

其實騙子的信徒未必是真信，也未必是真笨。趙高指著鹿說是馬的時候，那些點頭的百官智商一定不差，所以相信騙子有時是種明哲保身的選擇。洪秀全在廣西發展拜上帝教，整天扮羊角風[6]說自己是上帝之子，

6 羊角風：醫院術語，另稱癲癇。

旁人也未必全信，起碼楊秀清就一定不信，但是他選擇了不拆穿，然後某一天也開始發羊角風，更過分的是他乾脆說自己就是上帝，直接升級成了洪秀全的老子，可見相信騙子有時是為了成為更大的騙子。道士和嘉靖說要寫青詞，齋醮時相當於給上天發短信，嚴嵩未必就真信這些牛鼻子，但他一句話不說，日以繼夜地寫，因此深得嘉靖寵信，可見相信騙子有時是因為能借此接近想接近的人。騙子的圈子裡也有利益規則，如果你認為那些信徒都是蠢貨，可能你自己才是更大的蠢貨。

至於那些特異功能表演的，就不知道真假了，反正他們的表演一會兒說用的是氣，一會兒說用的是意念，沒個準頭。而且表演千篇一律，總是轉移物體，總是空盆來物，讓他們演個胸口碎大石就死都不肯，一點兒都不多才多藝。就算一定要空盆取物，能不能別老是取毒蛇猛獸嚇人呢！如果有幸見著，十分希望大師們靈魂能受累，跑遠一點，取個波多野結衣或是蒼井空回來給我們看看。

致我們終將失去的天才

在二零零八年有一部港劇甚是精彩，叫《原來愛上賊》，男主角是老戲骨劉松仁。實際上，讓年過半百的老男人做主角是很有風險的。若安排個前凸後翹的妙齡女郎與他演感情戲，我擔心老人家的心臟會受不了。若照顧老年人，不安排感情戲，則電視機前，無數個感性的女觀眾會受不了。導演無奈之下，只能請了個息影多年的師奶來出演女一號。

我看這部電視的時候常常以淚洗面，不是因為情節有多感人，而是因為這個師奶陳玉蓮，二十年前正是我迷戀的對象，當時我腎上腺素分泌正旺盛，於是有無數次晚上的春夢，我都很熱情地邀她與我連袂上演。當年她出演小龍女、王語嫣時，清雅脫俗，美麗不可方物，連發哥都為她要死要活。時隔多年，當她再次出現在我眼前，已然體態臃腫，容顏老去，不過是個食著人間煙火的普通主婦。我憂傷地腸子都要斷了。英雄謝頂，美人遲暮，當真是人生兩大憾事。

當然這世上還有更令人唏噓的事，比如就在前幾年，玉樹臨風的貝克漢姆宣佈即將退役。他是足球界長得最帥的，帥哥界右腿最靈活的，這麼多年，始終揮汗如雨地活躍在球場和女粉絲的夢裡，就這麼突然別去，自然是一大損失，至少球場上不會再有銷魂的腿法。所幸迷人如他，光環

不僅僅在於球技。哪怕退役後，相信面前的聚光燈也不見得會稀疏許多。相較而言，也是不久前告別的羅納爾多就被媒體冷落了不少。

其實小貝和大羅都是我極愛的天才。一九九八年世界盃之前，我極其厭惡足球，我覺得這項運動既野蠻，又無聊。然後羅納爾多在那個夏天出現了，當時他的身材還很曼妙。我看著他一次次蹂躪對方的後衛，搞得比賽高潮迭起，於是我像個懷春少女一般，被他的強壯征服。能把敵對的人變成粉絲，這就是天才的力量。

我們怎能不感謝這樣的天才。現實生活漫長而又痛苦，在不得不忍受刀鋸般的淒厲時，幸而有這些人，給我們帶來或視覺或聽覺上的感官享受。天才之所以為天才，在於他們帶給我們的享受是極致的，無與倫比的，從而讓我們不斷擁有更高層次的審美。當他們一一謝幕，你面對剩餘的庸脂俗粉，多半會湧起曾經滄海難為水的傷感。

然而謝幕是必然趨勢，天才也抵擋不住年華老去，只不過方式各有不同。退役尚算可以預見，有的甚至讓你猝不及防。當年，麥可．傑克森以一個詭異的方式突然辭別，就像許多年前張國榮在文華酒店樓頂飄然墜落般決絕，等世人醒悟過來時，天才已然隔世。相比而言，我更中意花大蟲羅德曼的方式，他曾坦言退役時要裸奔一場，多麼可喜啊！當然，最令人髮指的是他居然食言了。但無論如何謝幕，是生是死，終究是這個世界的損失。

吾生有涯，當我所熟識的天才一一離場，恐怕也說明了另一個可悲的事實，那就是我，也正在俗世裡一點一點，一點一點，頹然老去。

考卷不是隨便出出的

我們從小沐浴著陽光和雨露，在關懷和義務教育中長大，我們通過學習語文來提高情書、檢討以及個人總結的寫作水準；我們通過學習數學來熟練地與菜販討價還價；我們通過學習物理來成功在學校附近創辦自行車維修企業，我們通過學習化學來走向一排排肥皂廠、醬油廠的車間……

我們在一張張考卷的錘煉中漸漸成長，最終成為祖國的棟樑。可惜許多人並不懂得感恩，甚至唾棄和謾罵那些試卷背後辛勤付出的出卷老師。他們並不知道，在那些辱罵的語言輕易出口時，心裡早已欠下了一筆良心的債。

試卷是容易出的嗎？試卷僅僅是考察你的計算能力和記憶力等等嗎？筆者帶著這些疑問，採訪了一位專注出卷三十年的數學老師。筆者的問題甫一出口，他早已雙淚成行，忍不住對天吟道：「滿紙荒唐言，一把辛酸淚。都云作者癡，誰解其中味？」他說，被學生誤解多年，早已習慣，只是憑著師德和責任堅持編題不輟。其實出題哪有那麼容易，每一道數學題的背後，都隱藏著更多的深意。他希望通過這次機會，為過去、現在以及將來的學生們揭開那些應用題背後的現實。

一、今有雞兔同籠，數頭共有35個，數腳共有94只，請問這些雞兔

分別有多少只？

相信所有的學生都經歷過經典的「雞兔同籠」問題。因為這個題，出題老師的祖宗十八代裡的直系旁系親屬都被人問候了個遍。的確，這題貌似無理，有功夫數頭和腳，為何不直接數雞和兔？甚至有情感豐富的同學含淚斥責：為何要強迫雞和兔在一起！為什麼不給他們分別購籠！這些同學自以為有理，卻忽視了一個事實：瞎子！這是個在社會主義市場經濟裡靠政府政策、白手致富的盲人老闆啊！說到這裡，我仿佛已經看到了這樣一幅令人淚下的畫面，一位雙目失明的殘疾人，經營著一家活禽店，他無法看見那些可愛的小兔子和小雞仔，他只能憑手去感受，噢，一個頭，兩個頭……然後雙手向下，一隻腳，兩隻腳……人與自然和諧的畫面令人動容，身殘志堅創業的故事令人鼓舞。想到這些，我實在不懂那些驕傲的學生們有什麼理由去批評出題老師。

二、幼稚園有一群小朋友，午飯過後，老師要把一包水果糖平均分給他們，如果每人分7顆，還少12顆，如果每人分5顆，則多出16顆。請問這些糖果一共有多少顆？

說來慚愧，筆者幼年做到這題的時候，也曾心裡暗自咒罵：「為何不統計好人數，多買幾顆好分得平均？」時至今日才知道，題中另有深意。首先，雖然中國大部分地區已經基本實現了小康生活，但不可否認，在一

些貧窮落後的山區，並不是你想多買幾顆糖果就能買得起的。我有這種疑問，恰好暴露了我內心驕奢的態度和心理。每一位衣食無憂的孩子在面對這題時，都應該想到那些需要幫助的同齡人，從而養成節約的良好生活習慣。其次，為何每人分7顆，會少12顆呢，會不會有人在購買糖果時挪用公款，中飽私囊呢？這也是一個不可忽略的問題。

三、甲和乙相距3千米，各自以6公里每小時的速度相向而行，見面後折返，回到起點再回頭，請問兩個小時之內他們能碰面幾次？

相遇問題是不變的主題，可是相遇又能怎樣，相遇不等於能相識，相識不等於能相愛，相愛不等於能相戀，相戀也不等於能相結合……一道簡單的應用題，一段複雜的世情和人際關係。這是筆者做過最悲傷的題，兩人就那樣面對面，一個向左走，一個向右走，在現世裡無數次擦肩而過，卻始終沒有一句對白。感情的事是不能勉強的，感謝出題的老師，從小就告訴我們這樣的道理：「人生，充滿了錯過的故事。」

起名的學問

我的名字雖然叫「波」，卻無奇尺大乳，我父親雖然是「波爸」，胸部規模也很一般。同理，叫「張帥」的不一定貌若潘安，叫「呂豔」的也不一定傾國傾城。幾年前有位世界冠軍白雪，聽其名似乎純美如小龍女，實際上短髮幹練，宛如男子。而東莞市某合作社董事長竟然名為「黃鹹濕」，但也只被查出貪污受賄，未必就有風流公案。

所有人的名字幾乎都寄寓了雙親的殷望和祝願，但命途卻難免坎坷，總會與父母的初衷有所出入。但即便如此，許多人還是為孩子起名絞盡腦汁。時光往前推幾年，我的某位死黨便為此終日茶飯不思、眼眶深陷、消瘦得像個白粉仔。若不是他家娘子已然有孕在身，少不得有人會以為他是縱欲過度。

其實他的痛苦我感同身受。作為熟得快要爛掉的熟男，我們基本失卻了「當李嘉誠，娶李嘉欣」這種快意人生的可能性。天可憐見，上蒼在最黯淡的時候賜給我們後代，於是夢想得以在兒子身上延續。事實證明，一個任勞任怨不斷進取的雄性良禽，背後不是有個彪悍的雌性猛獸，就是有個一敗塗地的父親。我和他兩個痛定思痛，憂傷地達成共識，要讓後代從起跑線開始就一路領先。鑒於許多武俠小說的經典案例，起個好名字是首要的關鍵。

一個好的名字，若講究書卷氣，可以化用詩詞古籍，譬如茶聖陸羽，字鴻漸，是化于《易經》：「鴻漸于陸，其羽可用為儀。」若講究印象深刻，則可用圖騰崇拜，務要如雷貫耳，就像李小龍，的確人如其名，龍行天下。若不計美醜，只為追求辨識度，豁得出去還可以大膽用髒字，如曹操，蔣幹，更是能達到過耳不忘，流傳江湖的效果，唯一的缺憾是很容易與無辜的老母一起被人問候。

名字起的好，有時也如緣分一般，冥冥中有不少巧合。如成龍與林鳳嬌，自是龍鳳呈祥。蔣中正與宋美齡，也曾上演「中美合作」。不過這些普通名字俱往矣，數推陳出新，與時俱進，還得看今朝。江西鷹潭有對夫婦，為兒子起名趙C，簡直驚世駭俗，一躍而成為中國姓名史上前兩位吃洋螃蟹的英雄。該起名法好就好在不僅融合了中西方的文化，又極為簡便，且有利長幼排序，我們有理由相信趙C在家中應該是排行老三。所以該法則推廣到「牛家村」時需十分注意，如不同時推行計劃生育，怕是會有許多牛B誕生。

除響亮之外，有時五行也是需考慮的元素。明朝自洪武帝以降，所有皇室子孫起名，均有一字偏旁帶「金木水火土」。如建文帝朱允炆、成祖朱棣……現代人科技發達，只消祭起神器「百度」，立時能得知任何人五行當中有啥缺啥。如此起名則極為方便，但是需多認識幾個字，有笑話說某人生子，大師算到其命裡缺水缺木，他思來想去，嗚呼哀哉，帶水帶木的詞彙只想到「淫棍」一個。

筆友時代不覆返

上帝說，要有光，於是就有人走光。

上帝還說，要有妞，於是有了QQ。

隨著手機時代的到來，微信、陌陌等交友類軟體在新世紀大行其道，而在這之前，若論有利追女，QQ絕對是最佳神器。無人統計，但都會相信的事實是，自從QQ問世，世間狗男女數量便一日千里，年齡則每況愈下。基本有一規律，若要看某人心術端正與否，只消計算其QQ網友中同性與異性之比，便一目了然。

當然，從使用QQ的頻率大約也可推測一個人的年齡。

當我看到某小朋友QQ裡無數跳躍的女性頭像，當我看到他「老婆」的分組裡就有四名佳麗，我不得不服老。我回頭看自己的小企鵝，裡面除了我家娘子，只有寥寥幾個從不線上的舊同事，頓時淒涼地說不出話來。

其實我也有我的時代，與我年齡相仿的中年人應該還記得，那些個用筆交友的歲月。

因為高中時在一些報刊發表過文字，之後要與我交筆友的信件便多如飛雪，且風格各異。有開門見山，直抒胸臆的；有婉轉羞澀，欲語還休的；有寥寥數語，言簡意賅的，也有洋洋灑灑數千字，從還珠格格一直談到家門不幸的。雖風格迥異，但無一例外，皆是未成年少女。起初我讀著相當興奮，逐漸就感到失望，因為居然沒有一個隨信附上裸照的。

我回了其中一些人的信，都只是淡淡幾句，薄薄一頁，然後便斷絕來往。世間女子，大多似過眼雲煙，只是過客，既然不常見面，「一頁情」也就夠了。

唯獨一個女孩，與她倒是鴻雁往來了許久。滑稽的是，她就在我樓下的班級，是我的學妹。曾與她一同去參加比賽，折服於她的才情，驚奇於她的身世，因此才交流甚密。她的成長，再次印證了那句話，文學離不開苦難的童年，她的造詣是有依據的。而我從小錦衣玉食，父母愛，老師疼，活脫脫就是紈絝公子，所以說，我若有文學成就，定是沒天理的。

不幸的是她看走了眼。當年的我還在寫一些抑鬱的文字，比如看到一潭死水就沉思半天，眼見一輪落日便涕淚橫流。她據此說從我身上看到了「李商隱、秦少游與納蘭性德」的影子，嚇得我從此便不敢回信，因為每每鋪開信紙，要遣詞造句時，仿佛總有三個死鬼在身後看我。如今一回憶此事，我就心生愧疚。不知她看到我現在的文字，會不會找到「蘭陵笑笑生」的影子。

後來我與她都上了大學，同在南京，卻斷了音信，只匆匆見過一次，之後她還在電臺為我點了歌，我也沒聽到，因此不知她是祝福我還是要控訴我。總之從那以後，就相忘於江湖了。憑她的敏感與才華，或許已經實現夢想。而我也在煩囂的俗世裡，忘了自己的初衷，偶爾寫點庸俗的文字，算是對夢想的一種調侃。

私房傳說

最近某家銀行開通了一項逆天的功能，名為「保底歸集」，簡單而言就是老婆可以為老公的銀行卡設置一個保底金額，比如一百元，銀行每日如管家婆一般例行檢查卡內餘款，就在你呼呼大睡之際，你的卡中超出一百元的部分已經如流水一般嗖嗖轉移至老婆卡內，堪稱兇殘。據說該功能如炸彈一般，迅速在網上引爆熱議。一夜之間銀行客服電話被打爆。客戶紛紛諮詢兩類問題。第一類是男性客戶諮詢的：請問你們的理財師到底有沒有人性？第二類是女性客戶諮詢的：請問，我老公的保底金額能不能設置為零？

此種現象揭露的悲哀事實是，天下財政大權，確已盡入婦人之手。而苦命的男人為活得自由故，不得不在每月派發的零用錢外，悄悄貯下些私房錢。

不但中華如此，洋人大概也不例外。私房錢在英文裡稱之為「egg money」。但這個叫法總讓我想起某個笑話。說一對夫妻結婚多年，某個深夜，妻子忐忑了許久，終於從床底下拿出一個盒子，裡面是一大筆鈔票，還有三個雞蛋。她鼓足勇氣對丈夫說：奴家得向你坦白，這麼多年來，我對我們的婚姻沒有做到完全忠誠，每次出軌，都會往這個盒子裡存個雞

蛋。丈夫雖然氣惱，但心想許多年只收穫了三頂 LV 的帽子，勉強還能接受，於是問道：「那這些錢又作何解釋？」妻子笑顏如花：「每當雞蛋不夠放，奴家便將拿去換些錢。」

相較而言，另一個叫法「pin money」則是因為過去的婦女怕遺失，會把錢用別針（pin）扣在衣服上而得名。

這個名稱至少能夠說明兩件事。一是過去的 pin money 擁有者為女性。而現在提到「私房錢」，三個字背後卻似乎總站著個唯唯諾諾，謹小慎微的大老爺們。不知女權主義者看到此種變化，會不會心底暗暗生出一股豪氣。

二是這筆錢隨著歷史的變遷，已經從台前到了幕後，從光明變為了隱私。當代文明社會的公德之一便是：不問女士青春幾何；不問男士私房錢藏哪兒。對於無數省吃儉用，東拼西湊，終於省下一筆可觀費用，又抓耳撓腮、絞盡腦汁想出一處妥善收藏的男同胞來說，這是個性命攸關的問題。生命誠可貴，愛情價更高。私房錢沒有，要命有一條。

但藏寶之處的選擇，倒也真是個學問。比較笨而常見的辦法，是藏在一些暫時不穿的衣服口袋中。但需知，女人對於衣物，不僅敏感程度遠勝於你，平日接觸的可能也大過你數百倍，所以，私房錢放口袋，無異於羊入虎口。同理，什麼鞋盒子之類女性容易接觸的地方都是危險場所。網上有高人曾言：將私房錢另辦存摺存入，隨手丟棄，毀屍滅跡，要用時再去補辦領取。的確能暗渡陳倉，但也平添許多麻煩手續。還有存在死黨家中的，我總覺得會傷及無辜。所以為安全方便計，還是得在自己窩裡找，當然最好是些女人不常碰的地方。比如電腦主機殼裡，除非你有個程式師女友，那算你倒楣，否則絕對是一個好的藏身之所。

聰明的男人讀到這裡，定會熟記於心，然後鬼鬼祟祟將文字銷毀，不讓另一半看到。而聰明的女人讀到此處，也會熟記於心，下回如果你家那位一口咬定不買一體機，那回家就可以直接嚴刑逼供了。

時光裡漂流的豬

最近上海人民悲喜交加，悲的是他們的城市被一群豬入侵了，喜的是他們至今方知，自己交的是自來水的錢，喝的是外來豬的湯。據說這群豬是從嘉興順流而來的，世事總是如此詭譎。九十多年前十幾個人從上海跑去嘉興的湖上開會，九十多年後，一萬多頭豬從嘉興聚集到黃浦江，不知所為何事。它們就如此在江上一日一日靜靜地漂著。

我懷疑這群豬是看了李安的最新力作《少年Pi的奇幻漂流》。李大導演這部戲，漂流是主線，「吃」的命題才是主要情節，愛好刺身的我看到滿船的金槍魚，流了不下一碗的口水。同樣是吃貨的豬估計也很難抵擋美食的誘惑，於是齊刷刷投河，想體驗一回少年豬的奇幻自助餐。可惜故事畢竟是故事，豬下了水才發現，它們沒有Pi的命，也沒有真主來報恩，它們只能隨波逐流，在時光裡腐爛。

漂流是許多人註定的命運。二零一二年的CBA賽場，漂來一個高大漆黑的身影。和當年瘦削帥氣的線條比，如今的他像一條泡過的膨大海。看著他睜著惺忪的睡眼，吭哧吭哧在場上突破，麥格瑞迪，你幾乎要忘掉這是當年能35秒得13分，感動上帝的那個男人。他從猛龍漂到魔術，從魔術漂到火箭，又漂過半個地球來到中國，自己也從壯懷激烈的青年漂成了沉默寡語的中年。不知在異鄉的暗夜，他是否會憶起經歷過的每一遭榮耀和落魄。

我也曾漂流，一九九九年收拾好行囊和夢想，到了南京，後來漂經北京、江西、蘇州，又輾轉回到南京，我一度以為這座城市會成為我人生的終點。我從不掩飾對南京的依戀，對我來說，她就是第二個故鄉。誰知她終究容不下我，曲折地催促我啟程，繼續尋找下一站目標。如今我在老家陽羨，一座江南小城。經歷了十幾年的漂流，即便身在故鄉，我也不敢輕易斷定這便是歸宿了，如同 Pi 在海裡遇到的那座孤島，是終點還是驛站，沒有註定，只有選擇。

漂流是一場生死未卜的冒險，總是需要付出代價。Pi 吃掉了最愛的人，玄奘經歷了九九八十一難，麥格漸漸失去了鋒芒，鄭和也在最後一次漂流中死於他鄉。而我在東奔西走的歲月裡，逐漸消磨了年少的勇氣，肥大了中年的身軀。現在的我，已經成功擁有豬一般的忍耐，相信不久就會擁有豬一般的身材。我在家鄉遇見的每一個久別老友，也無不如此，男性個個體重直逼身高。最淒慘的是當年暗戀過的女子，有一日午後在街頭邂逅，望見她臉上的皺紋和倦容，幾乎要落下淚來。我做不到杜拉斯那樣。與她如今老樹枯皮慘不忍睹的面餅相比，我還是更愛她當年吹彈即破的清新小臉。

所以我們每個人其實都和那群豬無異，不是漂流在異鄉，便是漂流在時光裡，遲早會臃腫、蒼老、死去，直到腐爛。

武大郎也有春天

近日，香港 TVB 藝人，人稱葫蘆娃的王祖藍豪擲千萬，購入大浦雅景花園一幢無敵海景獨立洋房。據兢兢業業的狗仔猜測，此舉是為了在不久的將來，迎娶他的同事李亞男。王祖藍是出了名的矮子，只有 162 公分，其貌不揚，李亞男則是 175 公分的國際華裔小姐冠軍，膚白貌美、腿長胸大。外形上如此不登對的兩人能喜結良緣，令人不由得欣羡地感慨：「呵，武大郎也有春天啊。」幸福的男人總是相似的，不幸的則各有各的不幸。不幸之一便是長不高。網路文學開山鼻祖痞子蔡早在他的代表作裡便總結過：女孩子總是憧憬浪漫，而所有寫給她們看的浪漫愛情小說，男主角的最大共同點便是高，而不是帥或多金。哪怕作者再顛覆，可以讓男主長相普通、出身貧寒，但沒有人敢讓男主是個矮冬瓜。

可見在紛繁蕪雜的線索裡，身高才是人生幸福最大的攔路石，是受歧視的主因。說起來我也有滿腹的辛酸。我七歲時比同齡人要矮半個頭，小學報名時就被擋在了教室之外。同受此辱的還有喬丹，據說他初中時也是因為身高不合格，被校籃球隊拒之門外。還好君子報仇十年不晚，他後來吊在單杠上，幾年下來蹭蹭蹭長高了幾十公分，世界才因此沒有損失一位會飛的運動員。而我當年來不及吊單杠，只能用戶口本上的出生年月，證

明自己只是發育遲緩，而不是謊報年齡，才得以成功入學接受義務教育，令許多年後的世上少了位遊手好閒的文盲，多了位寫扯淡文章的流氓。

身高不足最悲慘的是難以掩蓋，長相還可以靠整容、靠化妝、靠美圖秀秀修飾，窮酸亦可靠借錢、靠扮闊、靠買假冒名牌暫時偽裝，唯獨矮人，靠道具調整的區間實在有限。更要命的是此消彼長，女子還總愛穿高跟鞋，動輒十幾公分，本來只要求你比她高，現在必須要加上跟的高度，對於不算挺拔的男士，無異於雪上加霜。

這個世界自古對矮人充滿惡意。遠的如春秋時的晏子，楚王命人在牆上開了個狗洞給他鑽；水滸裡的大郎，娘子和西門官人連袂為他編織綠冠。近的則如新晉導演郭敬明，我的朋友們因他的身高激發靈感每年寫的戲謔文字有七億條，連起來可以在圍著地球再繞兩圈。

在個子上，我也不算高人。面對整個世界的嘲笑，為了增加自信和底氣，熟記一些名言警句是必須的。比如最經典的「濃縮的都是精品」，是常常要掛在嘴邊的。甚至附會一些也沒有關係，比如牛頓說他之所以看得遠，是因為站在了巨人的肩膀上。看個東西還得爬那麼高，看來牛大師也是我輩矮人。而那些矮冬瓜逆襲的成功案例，更是需要牢記在心，時刻鞭策激勵自己的。古有拿破崙，今有郭小四；遠有小梅西，近有王祖藍，他們紛紛在詮釋著矮人也有黃金屋，矮人也有顏如玉，真不愧是我輩的勵志偶像。

與愛情有染

上週六一起床，窗外春光明媚，我就衝動了一把，駕著車直奔杭州。目的地：西湖。兩個多小時後，我像個不請自來的陌生人，一頭闖入了西子姑娘的美夢。

其實這是我十二年裡第四次見到她，她與往時無異，一樣恬靜、清澈。遊人摩肩接踵，黑壓壓的一片，各種聲音聒噪嘈雜，而她用如一的沉默靜對，仿佛那些遊客都只是歷史裡的塵埃。在鼎沸的人群裡，唯有一種聲音獨特，能與她匹配，那是票友在岸邊吟唱的越劇，不乏有功力深厚者，將百轉柔腸演繹得入木三分，像是晴日裡拂過楊柳和水面的輕風。

當然人再少些會更好，秦淮河適合夜色和燈影，西湖則適合細雨和紙傘，都需要避開太多的閒雜人等，只有這樣才能看清她們和美好、和歡愛、和命運的關係。

西湖是一個與愛情有染的女子，站在她身邊便能想起許多故事。如今的斷橋已是重修的了，但斷橋之上那段相遇已紮根世人心裡，不需要重修。我小時候看過的一本連環畫，說白素貞本就是西湖中一條小蛇，一日某神仙化作凡人在斷橋邊賣湯圓，許仙前生還是個小童子，偷食湯圓被發現，仙人倒拎著他讓他吐出，那一顆被安排好的仙湯圓就如此掉下了西

湖，被白蛇吞食，想必修為大增的同時，一顆叫姻緣的種子也就此埋下了。許仙真是好福氣，用至尊寶的話說就是上天安排的最大嘛！家有仙妻可是幾輩子都修不來的福分。千年後的我也多次在斷橋邊逡巡，可是已然沒有了仙人和蛇女的蹤跡。

西湖邊還有蘇小小，這也是個在流年裡追求愛情的女子，她就不如白素貞好運了。據說她自幼父母雙亡，跟隨姨媽後當了歌妓，才貌雙絕，一時無兩，每日前來以詩會友的富公子和窮文人絡繹不絕。一日她乘油壁車出行，驚了一匹青驄馬，馬上是宰相之子阮鬱。這故事放在偶像劇裡，就相當於平民女青年的自行車撞了官二代的汽車，同時也一頭撞入了對方的心裡，可惜官二代的老爸嫌棄她出身，男主阮鬱選擇了退出。與偶像劇不同的是，蘇小小十九歲便咳血而死了。她生在西湖邊，葬在西湖邊。想委身於愛情不得，只能委身於西泠橋畔的一墓、一碑、一亭間，可能如此，至少還能聽到生前聽過的清風流水，看到生前看過的湖上明月。

後來人也在西湖邊演繹自己的故事，我坐在柳樹下的石上，看面目不同的老少男女成雙成對穿梭而過，有的執手，有的攬肩，有的相擁。不管是何時何世，愛情總駐紮在所有人心間，是每個人生命的主題。我忽然想起十年前來的那次，我的一位死黨和他暗戀的女子，也曾如此看著湖水邊談邊行，當年的他瘦削精神，對愛情充滿期待。轉眼十年過去了，湖水依然明淨溫柔，我的死黨卻在時光裡變成了肥豬流，那場在湖邊期待的愛情也成了泡影，他終以他的鹹豬手牽起了另一位女子。對於往事，也不知他究竟是遺憾還是慶倖。

我在離開的時候暗自想，秦淮河的水豔而不膩，或是六朝金粉所凝，那西湖的水如此恬靜，可能恰是因為在歲月裡見多了悲歡的愛情故事。

三國歪史

歷史分為正史和野史，與嚴肅死板的正史相比，野史則更為離奇，香豔，玄妙和有趣，史學家多奉正史為圭臬，而作為一名庸俗的文字遊戲玩家，我更喜歡在野史的荒誕中流連。今天要為大家講的，正是東漢末年赤壁大戰前一段不為人知的故事。

帳中，周瑜正色道：「與曹賊大戰在即，可是軍中尚缺箭矢，我令你督造十萬隻，限期十日，可能完成？」一旁的魯肅剛欲張口，孔明以羽扇按住他手，笑道：「此等軍務大事，豈可拖延。都督，我只需三天。」說罷哈哈大笑，揚長而去。待孔明走遠，魯肅忙問：「都督莫非故意刁難孔明？」「呵呵，非也。」周瑜望著孔明離去的方向，頗有深意地答道，「孔明乃當世奇才，我料他必有妙計。屆時他若暗中向你求助，請務必盡力相幫。他出山未久，我不激他立不世之功，他又何以在劉豫州身邊立足呢。」說完，開心地笑了。

魯肅聽完，竟然呆了許久，眼神黯淡。周瑜又抱拳道，請子敬一定相助。他這才低下頭，咬著唇細聲道：「都督吩咐的，人家依就是了。」

話分兩頭，孔明快步返回營中，剛入帳門，一個高大的身影迎上前來，正是常山趙子龍，孔明不由得心撲通亂跳。趙雲問道：「都督可有為難軍師？」「他想欺負我來著。」孔明紅著臉，不敢正視，「我趕緊回來見你。」聲音越說越小。「沒事就好，我會修書一封向主公備說詳情。」

趙雲告別孔明，回營便攤開紙筆，將數日來東吳軍機防務要事一一陳述，信末又將離別思念之苦盡表。寫完將信仔細疊成心形，仔細封好，又仔細在信封上畫了個:)，叫來信使仔細託付，叮囑一定要將信親自交到主公手裡，不得有誤。交代完這些事，已是深夜，趙雲踱出帳外，涼風襲來，頓見一江星輝，忍不住又想起主公，你若安好，便是晴天呢！

信輾轉數日至劉備處，劉備正纏住張飛玩耍。信使將子龍手書呈至玄德手中，玄德欲知東吳戰備，忙將信拆出，剛欲展開細讀，轉念一想，忽然笑著把信遞于張飛，兩手托腮，忽閃著兩隻大眼睛道：「我要你念給我聽嘛。」

此時，只聽從隔壁忽然傳來嚎啕大哭之聲，悲涼悽愴，正是關羽關二哥。那哭聲一陣一陣，此起彼伏，似是有無限悲痛在胸中。張飛在此間聽得五內俱焚，按耐不住，將信一丟喊道：「哥哥呀！便大哭著跑向雲長房中。」

翼德淚眼滂沱進得房中，見關羽悲傷過度，已是哭的氣若遊絲，暈倒在地，連忙將他扶起，擁入懷中，嚎道：「哥哥莫哭，哥哥莫哭。你哭得三弟我心都碎了你曉得嗎？」

關羽在他懷裡幽幽醒轉，開始抽泣，瞬間又淚濕了那一雙丹鳳眼。張飛見狀也哭得變本加厲，好哥哥，好哥哥，有什麼傷心事你說出來嘛。關羽也不答話，只是一個勁地流淚，許久才拿手絹拭幹淚痕，幽幽道，曹丞相，聽說他又頭疼了，5555555555555。

藝術家出沒，請注意

昨天在網上看到一段視頻，長達十分鐘的時間裡，一名紅裙中年婦女，始終在熙攘的街頭撒潑打滾，與圍觀群眾糾纏，最後則乾脆倒立，裙底風光一覽無遺。必須承認，在觀賞視頻時我受到了很大驚嚇，心裡久久不能平靜，直到看清標題是「行為藝術」，方才釋然。該藝術家在表演過程中，屢次試圖和圍觀群眾互動，但往往她一靠近，人群立刻轟然作鳥獸散，場面很是淒涼。藝術家的形象是披頭散髮了一點，表演也的確費解了一點，但也不至於跟躲女瘋子一樣，足見人民群眾對行為藝術這門手藝還缺乏應有的鑒賞能力，對氣質欠佳的藝術家也缺乏起碼的尊重。

當然我也需要自我檢討，因為我據表演形式猜測，這位藝術家可能是想表達「精神病人的一天」，但是再看介紹，據說是要控訴專制對人的迫害，與我的猜想大相徑庭。我不禁羞紅了臉，可見其實我和普羅大眾無異，都是藝術的門外漢。

雖然一竅不通，但是我對於行為藝術並不陌生。早在童年時，就在

《巴巴爸爸[7]》這部法國動畫片中窺到了藝術殿堂的一角。該片中有個皮膚黝黑滿身長毛的巴巴波，渾身都是藝術細菌，沒事就愛玩各種立方主義、高度寫實主義、超現實主義、表現主義和概念主義的繪畫。有一集裡他心血來潮，用油彩塗滿臀部在紙上亂抹，創作了一大批抽象派名畫，堪稱行為藝術的代表作。當年幼小的我很受激勵，也想嘗試，只是在小夥伴們面前剛要褪下衣褲、露出翹臀，那些幼齒便大哭著報告老師，只好作罷。如今我離藝術越來越遠，這些可惡的小夥伴絕對難辭其咎。

用屁股作畫這麼經典的行為藝術創意，法國人其實並非原創，我懷疑他們是剽竊齊白石的。這老先生曾讓跟他學畫的孩子屁股蘸墨，然後在紙上坐出墨團，他稍一勾勒，栩栩如生的荷花圖便成形了。當然，這荷花香不香得另說。周星馳在《唐伯虎點秋香》裡將身體作畫發揮到了極致，除了臀部，將祝枝山的其他部位也開發無遺，全部融入創作，真是行為藝術的集大成者，我到今天都忘不了那一幅氣吞天下的雄鷹展翅圖，那雄鷹嘴裡叼的一截小蟲，更是點睛之筆。

若從行為藝術「反常行為的意圖化」這一定義出發，則魏晉應該是

7 台灣翻譯為「棉花糖精靈」（或「泡泡先生」）。法國繪本《Barbapapa》改編成的動畫。以獨創性的幽默感廣受大眾的喜愛，並且帶給世界各地兒童、家長無窮的樂趣。

我國歷史上行為藝術家最集中的一個時期。那時有七個二流子，整天也不上班，天天去竹林子裡面大吃大喝，邊喝邊吹牛，風氣十分敗壞。據說這些人行為都很反常，比如有個叫阮籍的，在別人小娘子腳邊睡覺，親娘死了青著臉繼續打牌，還經常吹流氓哨美其名曰長嘯，絕對是行為藝術的一把好手。

如今的行為藝術更是屢見不鮮，但形式就單調許多了。中外藝術家口味出奇統一，都好裸體這口。新聞裡撲頭蓋臉，全是裸體吃飯、裸體上班、裸體出街、裸體運動，令風化員警傷透了腦筋。前段時間北京就屢屢上演星夜裸奔的好戲，令人們大飽眼福。這種行為藝術很清涼、很環保，但容易嚇到其他人，還是不太值得提倡，否則街頭遲早有天會掛出橫幅，上寫八個大字「藝術家出沒，請注意！」

夢都是反的

人最奇特的能力之一便是做夢。大約正是因為做夢總是在睡眠中，無法保持頭腦清醒，因此顯得格外神秘。

夢境的內容也千奇百怪，有的美好到令人不忍醒轉，有的恐怖到醒來依然後怕，更奇怪的是再刺激的夢，醒後也會幾乎忘光，徒留唏噓。另外在夢中說出的話最是莫測，不知其他人是怎樣，反正我至今聽過的不同人的不同夢話，沒有一句是能聽懂的，更分辨不出是方言還是官話，是國語還是洋文。

但千萬不要以為夢境只是些無用的空想。有人便從夢境中得到過靈感。一八幾幾年，那是一個春天，有一位化學家，在自己的夢裡面，夢到一個圈。據說這個圈是一條蛇在吞食自己的尾巴，而做此夢的德國化學家凱庫勒便由此悟出了苯環的分子結構。當然，也有人認為貪吃蛇遊戲也是這麼發明的。

還有人認為夢是對身體欲望的釋放。在這方面我是有經驗的，記得幼年時，某夜夢中忽覺腹中有奔騰的激流急需洩洪，可惜四處搜尋，怎麼都找不到茅廁。正在急得跳腳時，我大舅如救星般出現，他將我領到他家屋後角落，笑道：此地即可。於是夢中的我如釋重負，一江春水汩汩而出。

內急時夢見找廁所，肚餓時夢見吃東西，夢境反映身體需求，大抵如是。

正因為夢境的離奇和不可測令人好奇，於是有了解夢。

最簡單的解夢原理就一句話，夢都是反的。比如有人問大師，我夢見女朋友把我甩了，然後沒過幾天和我最好的朋友在一起了。大師淡定回答，沒關係，施主，夢都是反的。那人正高興時，只聽大師緩緩說出真相，也就是說，現實應該是先和你最好的朋友在一起，然後再把你甩了。

更複雜的則有《周公解夢》，條條框框具體問題具體分析，很具實戰性。我經常流著口水對照其中「主財」的夢境內容，可惜沒有一條經歷過，難怪一直清貧。最有意思的是其中有一項「夢見屎尿汙身」是可以發財的，不知是不是「走狗屎運」的原因。

曾經還看過一個解夢的民間故事，某秀才趕考時，在旅店裡做了三個夢，一是牆上種菜，二是雨天戴斗笠還打傘，三是跟心愛的表妹脫光了背靠背躺一起。算命的說：「牆上種菜是白費勁，戴斗笠打傘是多此一舉，光身體背靠背明顯沒戲。」而店老闆卻解釋道：「牆上種菜是高種，戴斗笠打傘是有備無患，跟表妹脫光背靠靠躺床上說明要翻身了啊！」秀才聽了很高興，後果然中舉。這個結局太爛俗，要給我寫，就會變成：「秀才聽了很高興，於是不去考試回家找表妹去了。」

莊子在《齊物論》中說：「且有大覺，而後知此其大夢也。」意思是只有醒了，方能知道前事是夢。然而是夢是醒、半夢半醒並不容易分辨。所以我也時常有所懷疑，我總是覺得也許這麼多年自己都不過是在夢境中而已，那些悲歡，那些人情，都是短暫的虛像。或許某天陽光灑到床前，我睜眼一看，時光仍停留在十幾年前，自己也仍是個十幾歲、無憂無慮的小廝，青春美好、大夢初醒。

同性也相吸

十幾年前我剛上初中的時候，還不像現在這麼猥瑣，起碼長得唇紅齒白，眉清目秀。班裡有一粗獷男生，發育比其他人早，見到我總是兩眼放光。於是當年的課間經常上演一幕悲情劇：他在後面邊淫笑邊追逐，我在前面驚得花容失色四處亂竄。偶爾不慎被逮個正著，他便將我摟在懷裡，用剛長出來的鬍渣在我嬌嫩的臉上蹭。整個樓道裡充斥著我呼救的叫聲，真是聞者傷心，見者流淚。

當年幼小的我不懂為什麼他放著班花不去調戲，總是來糾纏我。直到後來才知道這可能叫同性戀。不過後來這同學也娶妻生子了，我們還時常一起喝酒。我們也都有默契，從不提這段往事，所以我一直不知道他當年究竟是玩笑還是真性情。

最近網上熱傳一篇一九九四年的論文，也是關於同性之愛的。作者是古典文學專家孫次舟。論文的大意是：偉大的愛國詩人屈原是同性戀者，因為楚懷王移情別戀，才憤而投江。這篇論文當時遭到學界圍攻。朱自清請楚辭專家聞一多主持公道，聞一多給了孫次舟四個字：「完全正確」。

其實這個結論放在今天，早已是耳熟能詳。不幸的是孫次舟生不逢時，他遭到的非難其實根本無關學術，而是在於人倫道德。因為在同性之愛在過去曾是禁忌和恥辱。幸而社會文明在進步，短短幾十年後，我們已經逐漸正視並接受了同性也相吸的事實。

相愛是一種生理屬性，不管是男女之間、男男之間，或者女女之間，都是符合自然規律的正常現象。因為發乎真情，所以是禁而不止的。歷朝歷代均沒有認可，但其實並不鮮見。

正史記載的最早的同性戀者和屈原差不多在同一時代，是魏王的男寵龍陽君，據說他是絕色美男，有一日和魏王釣魚，忽然便哭得梨花帶雨，說釣魚總想釣更大的，大王肯定也想要更美的美人，像我這樣慢慢容顏衰老，遲早會像釣上的魚一樣被拋在一邊吧。他應該沒讀過杜拉斯的《情人》，否則會深信比起年輕時吹彈即破的小臉，魏王會更愛他枯枝敗葉的老樹皮。

有種說法是男同性戀者容易出天才，而且渾身都是藝術的細菌。目前還沒有論文來研究這一課題。但確實在家喻戶曉的中外名人裡，能列出一長串有龍陽之好的，比如蘇格拉底、王爾德、達芬奇、莎士比亞等等。

不過洋人的遭遇也不見得就比我們好，英國雖然被戲稱為「腐國」，但在過去的法律裡，同性戀一樣是可恥的犯罪。王爾德便因此入獄兩年。另有一位電腦科學之父圖靈，也是因「性顛倒行為」被判罪，在坐牢和荷爾蒙注射裡，他選擇了後者，也就是所謂的「化學閹割」。

今天的社會對同性之愛寬容多了，所以張國榮、林夕、何韻詩都能坦然公開，可謂一大幸事。我忽然想到，當年調戲我的同學雖然沒成為藝術家，倒是成了大老闆。可惜按照現在的法律，不能閹割他了，否則下次喝酒時，我倒是可以用當年的荒唐事，狠狠敲他一筆。

1999 戰紀

一九九九年，地球面臨外星生命入侵的大災難。戰況異常慘烈。戰爭結束後，聯合國選擇抹去部分人的記憶來彌補創傷。如果你年滿二十歲卻不記得此事，說明你被清除了記憶。希望我以下的記述能幫助你回想往事。

我簡直不願去回憶當時的慘狀。那些來自沙-250星球的侵略者，在我們的家園裡橫行，肆無忌憚地屠殺我的同胞。

他們自認為擁有宇宙最高端的智慧，所以叫囂著要清洗所有低智商的生命，以此為藉口肆虐了整個銀河系。

他們擁有一套特殊的生理機能，當面對其他生命體，他們會通過問一個問題來測評你的智商，如果答不出，必死無疑。當然，對於自身智慧的自負也使他們有著致命的缺點。只要你能成功回答他們，你可以馬上反問一題。如果他也回答不出，則會因羞辱而引爆體內的自殺裝置。

只不過，要想順利解決他們的問題，已非易事，若想反過來難倒他們，無異於癡人說夢。

到七月的時候，大批同胞已經犧牲。外星人的母艦派出一個個飛行器，搜尋著倖存者，意圖斬草除根。

我作為一名高中生，和其他活下來的同學在李老師的帶領下東躲西藏，找各種掩體隱蔽。

但我們還是被發現了。

一個面貌醜陋的外星人從他的飛行器上下來，猙獰地朝我們走來。

所有人驚恐地不知所措，有的女生開始尖叫、痛哭。

李老師見狀，強作鎮定，把我們掩護在身後。

外星人走到他面前停住，看來要先向他開刀。

果不其然，沙 -250 星人迅速發動攻擊，拋出一個問題。

「把大象裝冰箱攏共要幾步？」

李老師愣在那裡，臉上青一陣紅一陣，鬥大的汗珠直往下淌。

5 秒過後，嘭！他在我們眼前炸得粉碎。

不要啊！同學們恐懼地大叫起來。

外星人又走向班長。

「王先生一邊刷牙一邊唱歌，請問他是怎麼做到的？」

胖乎乎的班長也爆炸了，屍骨無存。

「小明的爸爸有三個兒子，老大叫大毛老二叫二毛老三叫什麼？」

學習委員也當場慘死。

所有的同學痛哭失聲。

眼看著馬上就要問到班花小蘭，我再也忍不住了，毅然挺身而出，攔在了所有人面前，挺起胸膛道：「要問就先問我吧！」

小蘭和其他同學紛紛用感激的眼神看著我送死。

外星人獰笑一聲，問道：「黑人和白人生的嬰兒，牙齒是什麼顏色？」

我不假思索回答：「嬰兒是沒有牙齒的！」

他顯然沒預料到我能答上來，好一會兒才惡狠狠地說：「算你厲害，現在到你問了。」

我有些猶豫，畢竟要難住他也不是易事。想了幾秒，我突然靈機一動問道：「請問怎麼才能打敗你們？」

外星人愣住了，他沒料到我會這樣問。

如果他不回答或說謊，會自爆而亡。如果他說實話，則會暴露他們最高級別的秘密。

看得出他陷入了兩難，在5秒倒數快結束時，對自己高智商的驕傲戰勝了一切，他冷靜回答道：「在母艦裡有個主機，他擁有最高智慧。如果能到他面前並且難住他，我們就都完了。」說完他帶著驕傲挺胸離開，連飛行器都不願帶走。

我長出了一口氣，同學們更是喜極而泣。

小蘭上來激動地抱住了我。

我輕輕將她推開，嚴肅地說：「你找個地方，把大家安頓好。」

「那你呢？」她現在看我像看英雄。

我眺望著遠處母艦的方向，淡淡地說：「我要去拯救地球。」

「那你小心，一定要平安回來，我……我們等你！」她淚流滿面。

我沒有再理她，騎上飛行器，疾馳而去，背後是一片期待的目光。

接下來的經過大同小異，一路上和進入母艦後，我遇到了無數的阻攔。面對各種疑難問題，我一一化解。而輪到我反問時，我已經想好了一個宇宙級難題，難住了所有對手，他們在我放聲大笑中和自己的羞恥中一一被摧毀。

最後我來到了主機面前。

那一刻我突然很激動，在長達數月的慘烈對抗後，終於到了反擊和一決雌雄的關頭，災難即將過去，文明又能延續，我無法壓抑內心神聖的使命感。

我深深地吸了一口氣，面對著最高智慧的主機，再一次拋出了準備好的宇宙級難題。

「地上一個猴，樹上騎個猴，一共幾猴？」

嘭！嘭、嘭、嘭……

回到地面，同學們和小蘭激動地迎了上來。

我笑著對她說：我平安回……

她用溫熱的雙唇堵住了我的話。

那漫天的火光和不絕於耳的爆炸，像是為人類和我倆綻放的煙花。

人間四月裡最美好的事

就在我寫此稿的當天，五年前蒙受災難的西蜀之地再遭重創，一場七級的地震在週末清晨驟然降臨雅安。我們甚至可以指責上蒼的不仁，哪怕換一個工作日，也許更多的人們已經開始茫然地走在上班路上，而不至於會在睡夢裡便遭遇死亡。

人間四月本是文藝青年筆下的大好時節，可是包括地震在內，最近在網上和現實裡耳聞目睹的卻盡是些慘事。波士頓馬拉松賽被恐怖分子的炸彈襲擊了，復旦優秀學子疑似被同室校友投毒身故了。最離奇的是洛陽某地數百頭不問世事的豬也一夜暴斃了，再加上不久前各地因流感紛紛仆街的鳥雀和被撲殺的家禽，整個生物圈在明媚的春光裡，簡直悲傷逆流成河了。

再掉轉頭看看名人的八卦情事，也無甚喜訊。南京妹子熊黛林跟郭天王兩人三腳長跑了七年，又要分開各跑各的了，本以為愛情的道路只是崎嶇，沒想到終點還不在一起。青年才俊、文學鬼才南派三叔也在微博裡坦言出軌，稱十年的婚姻即將告吹。其妻卻爆料三叔患雙向情感障礙，已經精神分裂。眼看著一部現實版的《回家的欲望》就要上演。當然其中複雜內情，外人不便猜測。但想到三叔也曾經付過我人生第一筆稿費，所謂拿人的手短，假若到時三叔真要臨床治療，我在思忖要不要提幾袋蘋果去看看他。

死亡和愛情，是人生的兩大主題。奈何在這個四月裡，主題曲是首悲傷的旋律。

我在這樣的春天裡，忽然想念南京的雞鳴寺。四月的美好本該像寺外的櫻花一般盛開的。

雞鳴寺幾乎是情侶在春天最浪漫的去處。一則是因為那裡供奉的是藥師佛，與其他佛負責超度往生相比，藥師佛據說能給你現世的幸福。所以情人不妨結伴去拜一拜，求求美滿姻緣。二則是因為佛寺之外的櫻花太美豔了。儘管今年入春以來，天氣冷熱無常，但應該無礙於花期。在離開南京的前一年，我曾帶我家娘子去過，我們只抓到個春天的尾巴，枝上已不太繁盛，粉色的花瓣不時墜地。但遊人依然很多，四處可見在似錦繁花下親密合影的成雙麗人，仿佛燈光一閃，一秒便真能成永恆。

當然現實總是會違背願望。曾有人攝下一張雞鳴寺外花海裡擁吻的青年男女，放上網後廣受好評，被稱為最美的情侶。今年聽說這兩人也分道揚鑣了，男主人公早已另娶賢妻。這次的波士頓馬拉松賽，有位男子欲在其女友跑完全程後求婚，誰知一聲轟鳴後，伊人香消玉殞，從此人鬼殊途。再聯想到雅安地震中失去生命、失去家庭、失去伴侶的逝者和生者，人生要遭逢的變故實在太多。愛情和生命的期限，也未必能比四月的天氣如常，比櫻花的花期更久。

我遙想著雞鳴寺外的櫻花，想著那些在劫難裡被現世拋棄的人，忽然覺得，只要愛情和生命還能如花盛放，便已然是人間四月裡最美好的事了。

聖誕老人的怪癖

俗話說，有翅膀的不一定是天使，也有可能是鳥人。身騎白馬的不一定是王子，也有可能是唐僧。依此類推，開保時捷的也不一定是富二代，有可能只是修車小弟。若是有一夜，你在睡夢中驚醒，見有個肥胖的男人身影在你閨房裡四處亂摸，倒也不必驚慌報警，因為那未必便是樑上君子或者採花大盜，也有可能是聖誕老人而已。

聖誕老人的身材並非生來就如此臃腫，過去也很瘦削。現在的胖老頭形象其實是可口可樂公司幾十年前的策劃，因為他的紅白衣帽和品牌色不謀而合，而胖乎乎、憨態可掬的容貌似乎更有親和力。而照我看，肯德基亦可借機行銷，因為山德士上校若是戴上帽子和假鬚，看上去應該也與聖誕老人無異。

我是很羨慕聖誕老人的，因為這廝一年只需上一天班，平時不知在哪裡鬼混，而且出行便是配備豪華座駕，帶上一車禮品。我若是有這般配置，一定在街上隨意搭訕：嗨，美女，坐哥哥的雪橇去兜風好不好。到山頂看完風景，便發發毒誓，許許諾言，末了再送上包裝精美的禮物若干，物質與精神夾攻，什麼樣的美女不是手到擒來。可惜他暴殄天物，那麼多禮品，竟然只送未成年人，不用來憐香惜玉，我估計與他年齡偏大不無關係。

除此之外，聖誕老人還有不少怪癖。其一是有門不入，喜歡標新立異鑽煙囪，現代建築多數沒有煙囪，不知寒冷的平安夜，他站在門外時有沒有頓覺淒涼，心生被時代遺棄的感覺。其二是喜歡把禮物放襪子裡。我猜想是老人覺得工作太輕鬆，故意增加難度和趣味性，畢竟屏住呼吸把禮物放進一雙惡臭的襪子，挑戰性已經堪比極限運動。

說起來襪子才是最神奇的發明，通過它可以輕鬆實現願望。比如小時候，你把襪子掛在壁爐上，便能得到耶誕節的禮物，而長大後，你把襪子套在頭上，便能得到銀行裡的錢。就算得不到錢，還能得到不少室友和男朋友呢。

每個行業都有鼻祖，木匠拜春秋時的魯班，做豆腐的拜西漢的劉安，聖誕老人若算起來，應該算是快遞員的祖師爺。他幾百年如一日，風裡來、雪裡去，一夜便為你捎來心儀的包裹，就算不是江浙滬也貼心地免去郵費，連水都不乞一口。你還在睡夢中囈語，他已悄悄代你簽收，披著滿天星光駕雪橇離開，真是事了拂衣去，深藏功與名，無論物流速度還是服務態度，均堪稱快遞行業的行為楷模和業界良心。

去年聖誕前夕，我問幼子想不想收到聖誕禮物。他幾乎是脫口而出說想，然後眨眨眼睛又問我，可是聖誕老公公怎麼會知道我要什麼呢？我笑說，那你大聲告訴他啊，我指指天上。於是他信以為真開心地對著天上喊道：聖誕老公公，我想要一輛玩具汽車！

最後他當然收到那輛玩具汽車了。我不知道世上是不是真的有聖誕老人，但我知這個世上會有這樣一種人。他也有很多怪癖，有很多缺點，他長得或俊或醜，性格或開朗或沉悶，聲音或悅耳或難聽，工作或優秀或不堪，但無論他富有或貧窮，他總願意為你織夢，盡力為你奉獻他所有。他願意為你，做個 365 天上班的聖誕老人。

搭訕的最高手段

去年，某台一群記者追著群眾屁股問同一個問題：你幸福嗎？被追上的群眾要麼嚶嚀一聲捂臉跑開，要麼含羞支吾答非所問，還有的則是冷顏相對不卑不亢。感覺這不是採訪，而是個小青年在搭訕姑娘。

其實類似的搭訕早在五四運動時文藝青年們就搞過，當時也有大學生跑到農村，追著賣菜的老農問：你幸福嗎？如你所知，「幸福」這個詞在當時還是新鮮貨，比老農擔子裡剛摘下來的白菜還要新鮮。所以老農驚恐地望著大學生，彷彿看到了火星人，轉身就跑掉了。可見一會面就問「幸不幸福」，實在是一種很失敗的搭訕。

關於如何搭訕，網上有不少教程。郭德綱也在相聲裡教過一招，見到心儀的姑娘，上去拍拍肩膀問：同學，這本書是你掉的嗎？便可一舉打破尷尬，並且下一步有並肩行走散步聊天的可能，很是實用。所以我懷疑李晨收集那麼多心形石，也是為了方便搭訕，沒事就問人家姑娘，這顆心是不是你掉的，當真是羅曼蒂克。只不過這招亦需隨機應變，投其所好，並非所有的姑娘都愛書或者奇石，所以你得準備化妝品、零食、首飾、手機若干，以備不管碰到什麼類型的女子都能掏出令其動心的失物。為省事，建議還是直接掏出人民幣一疊，豪氣地問對方：請問這疊錢是你掉的嗎？

據說這樣搭訕的成功率才是最高的。

事實上，耍賤的搭訕雖然幽默，有時並不招人喜歡，反倒不如一句「我覺得你很特別，想認識你一下」更容易接受。當然，深究下去，這個「特別」其實也很膚淺，因為既然還未深入瞭解，能給人留下深刻印象的無非也就是長得特別好，身材特別棒，胸部特別大，但起碼勝在聽起來顯得含蓄而有誠意。我有個朋友，擅長裝逼式的搭訕，即用短短一句話便讓人覺得他有內涵有品位。比如「這本書不錯，但是建議讀一讀金聖歎的點評再回來讀，可能有新的啟發哦。」，頓顯高級知識份子氣質。或者「能告訴我幾點了嗎，我手機沒電了」，說完一定要晃晃手裡的土豪金，哪怕其實電量還有百分之九十五。總之在文藝女青年面前，他就是淡泊名利的學者；在二次元少女面前，他就是狂熱的動漫愛好者；在物質女流面前，他就是低調奢華的富二代。他因此戰無不勝攻無不取，但我總隱隱地為其擔憂，經常提醒他下雨打雷，切勿出門。

我生性靦腆，想搭訕卻苦無勇氣。如今雖然時常在網上寫一些幽默段子，但在喜歡的人面前，連半句俏皮話都說不出來。於是我從當初的羞澀少年長成羞澀中年，其間也不知錯過了多少姻緣。好在不搭訕，還可以被搭訕。憑著天生的魅力氣質，現在的我走在路上，也總被一些妙齡女子拉住，她們面帶桃花，朱唇微啟，害羞地與我搭訕，先生，你聽說過安麗嗎？

嫁個有錢人多好

最近飽受整容傳言的港星李彩樺坦言渴望新戀情，稱並不介意嫁入豪門，說的好像嫁入豪門是下下之選，就像早餐沒有營養自助，只能喝碗稀飯那麼委屈。其實搶著喝這碗稀飯的大有人在。比如娃哈哈集團的掌門千金身價過億、尚未婚配，如果我還是單身她又看中我，我也不怎麼介意委屈一下自己的。同時我希望她對待感情能認真嚴肅，最好能委屈我一輩子不帶反悔的。

想嫁個有錢人並不是什麼醜事，所以沒必要掩飾。從生物學角度講，雌性動物總是希望配偶能夠佔有足夠多的資源，這是天性。

可以想見，在遠古時代，一頭出門隨便晃悠一圈，便能扛回整只野豬的雄猿，總是要比每天採兩隻香蕉的雄猿更顯得氣概，更能獲得部落裡母猿的青睞。這種心理延續到亂世便是美女愛英雄，因為孔武有力或智謀過人的豪傑有更大的可能會佔有社會資源。如今的戰場演化成商場了，所以中意嫁豪門也無可厚非。我有個女性朋友和許多女子一樣，平時見到帥哥就發花癡，有次我問她帥哥和富翁同時跌入水裡會先救哪個。她毫不猶豫說會把救生圈丟給王老五，然後裝腔作勢眼淚漣漣地對帥哥道一句來生再見。

我一向不覺得這有問題，女子愛豪門就像男子愛美人一樣天經地義，否則就是只准你看豐乳肥臀相，卻不許人做紙醉金迷夢，連我都要替女權主義者批判你。

但要嫁豪門卻也並非易事，有錢人家選媳婦條件是很嚴苛的，據說最重要的是要能旺夫。我對麻衣神相也略有涉獵，所以我知道下巴圓滿的女子是最有旺夫相的。可惜現在那些小明星，一個個把自己整成錐子臉，其實是誤走了歧途，如果她們見到此文，一定會痛心疾首地恨不得用下巴戳死自己。我家娘子也是瘦臉尖下頜，當初我便使勁給她灌輸這個理念，終於讓她放棄了當闊太太的念想，心甘情願跟著我受窮。

除此之外，據說學歷、性格、出身、血型、八字也是要調查的，條件比上哈佛都要嚴格。「奉子成婚」這一招對於豪門也未必行得通，君不見梁洛施當初為李澤楷產子產得都上演帽子戲法了，依然未能撈到長期飯票，真是朱門酒肉臭，折了親骨肉啊。

但無論如何，能嫁個有錢人總是一件好事。常有人說：有錢人生活亂、應酬多、感情假等等，其實這都是酸葡萄心理。倒不是我拜金，只是把人品和富有混為一談，實在算不上一件理智的事。我們所見的有錢人能犯的錯，沒錢想犯也一樣能犯，區別只在於檔次而已。而有錢能夠給人帶來生存的安全感和舒適感，卻遠非貧窮所能替代。

所以我不會輕易指斥欲嫁豪門的女子拜金，誰都有追求高品質生活的權利。保不齊我將來也有女兒呢，我大約也會希望她不要介意嫁個豪門的吧。

只羨死豬不羨仙

十三年前我剛上大學，被家人逼著去學新東方，當然，不是廚師學校，而是教洋文的那家。其實我完全沒有出國留學的念想，於是採取了非暴力不合作的態度，每天倒也起個大早去聽課，只是老師一開說，我便伏桌大睡，姿態銷魂，任爾吹天南地北牛，我自巋然不醒。

所以談及當年的託福班，我仿佛得了失憶症，連老師的臉都記不得，唯一有印象的是新東方筆記本的扉頁上有句話：你遲早會變成自己所扮演的那個人。這論調像是個魔咒，又像是個下在我身上的降頭。曾經我精力旺盛，生猛無比，自從在新東方的課堂上睡得感天動地後，便一發不可收拾，逐漸變得在哪裡都能倒下來長眠。

如今我坐車想睡，開會想睡，吃完想睡，對著書看兩眼便直欲做夢，已然與一頭豬無異了。對於我這樣的嗜睡者來說，每天早上起床的鬧鈴簡直便是催命符，雖然現在的手機鬧鈴有「小睡」功能，即可以再睡五分鐘後重新響鈴，但有經驗的人都知道，五分鐘的小睡，其實就像一眨眼，顯然是不夠的，可見還欠缺人性化，希望有技術人員能早日開發出「大睡」的功能。

我睡覺時算是比較安靜的，真和死豬一般，但據說有些人睡覺時有

四大愛好：磨牙、打呼、放屁和夢遊。其中放屁的危害性稍小，畢竟只有被子和床單知道，而另外幾樣則容易驚擾睡伴，尤其是打呼。我曾與一個胖子共租兩居室，那是我最不堪回憶的一段歲月。他那簡直不能叫打呼，只能叫打雷。每個清夜裡，他的轟鳴聲總能穿過承重牆，直刺隔壁房間我的耳膜，將我驚醒，那一年裡真不知被他擾了多少春夢。由此可見，打呼的威力不亞于生化武器。而且據科學研究表明，打呼還容易導致猝死，我想想也是，如果當年我的脾氣暴躁一些，那胖子可能早就猝死了。

除去上述幾樣，我的死黨洪同學開闢了睡眠時的新內容。他當年長期奮戰在網吧，經常打著遊戲頭便一歪，不省人事了，有時嘴還張開流著口水，因此損壞了不少鍵盤。神奇的是此時他的手指還在啪嗒啪嗒按滑鼠，指揮著電腦裡的小人漫無目的亂走。自己不夢遊，讓遊戲角色夢游，也是當年那間網吧一道亮麗的風景線。

在我看來，嗜睡總比失眠要好的多，嗜睡的人都是一樣的，失眠則各有各的原因。我偶爾也有失眠，有時是擔憂的，有時是興奮的，但就體驗來說，長醒不睡總是很折磨人，不如長睡不醒來得好。所以我願餘生都如現在一般，能很快入眠，至少在睡覺一事上，我是只羨死豬不羨仙的。

在愛好睡覺的道路上，我並不孤單。據說有人建議將捉迷藏列入奧運項目，那我強烈呼籲我的同好者一起主張，鑒於良好的群眾基礎，其實睡覺也該入選。屆時我希望能參加男子一千五百分鐘中長睡，在奧運的運動床上，為國爭光。

與其在國內數人頭，不如去境外旅遊

長假伊始，國人像蝗蟲一般集體出行，湧向各地高速和旅遊景點。彼時的我，也正在祿口機場逡巡，猥瑣地在膚白貌美的機場小姐身邊亂轉。眼見著保安心生狐疑，操著警棍就要向我撲來，我趕緊掏出去往泰國的機票自證清白。沒錯，與其在國內數人頭，不如去境外旅旅遊。於是數小時後，飛機載著我直插雲霄，一路向南，彷彿一隻獨自南行的孤雁。

十月是泰國的雨季，說起來不算上佳的旅遊時節。從曼谷機場出來，天便陰沉沉的。再坐汽車慢悠悠顛到芭提雅，雨就預期而下。

一路上，四十多歲的男導遊都在吹噓泰國如天堂般美好。恰好聯合國最近發佈了全球幸福國家前十名，分別是丹麥、挪威、瑞士、荷蘭等等，如你所知，都是些腐朽的歐洲資本主義國家，泰國卻不在其列。照我們導遊來看，這是極不公平的。他說，泰國男少女多，其中又有很大一部分男人出家當了僧侶，一小部分男人忍痛做了人妖，於是政府體恤剩下為數不多的直男，鼓勵他們一夫多妻。他憤憤地總結：僅憑這項指標，泰國男人的幸福指數就足以秒殺全球多數國家。

我們的導遊自己便娶了兩個妻子，他的吹噓令一車的男人都開始想入非非，一臉神游狀，全然不顧身邊的妻子在直翻白眼。後來閒聊時他又提及：泰語老公的發音類似中文的傻逼，這才把周遭的男人從美夢裡驚醒。呵，原來娶幾個老婆要冒著被她們叫傻逼的風險，我就說嘛，天下哪有什麼免費的午餐。

不過芭提雅倒真是鬼佬的天堂，這座不夜城白天靜悄悄，一到上燈時，夜店門口便站滿妖冶攬客的男女，無數六十開外禿頂肥腸的白人摟著泰妹，像幽魂一樣從四面八方浮出來，據導遊說，這些都是來了便不願走的外國老流氓。他們包養一個當地女子才幾千泰銖，折合成美元不過幾百塊，划算得緊，所以樂不思蜀。我家娘子聽罷賊兮兮地試探我：你一定很想移居此地吧？我當時就嚴肅地搖了搖頭。說實話，那些泰妹個個黑得跟張飛似的，自小長在江南水鄉的我，實在喝不慣這麼重口味的茶。

芭提雅沒有我們的幸福，好在別處有。最後第二日，我們又在雨中顛回了曼谷。白天我家娘子參觀泰國王后用的那些飾品，見滿屋子全是黃金和鑽石，當場便和所有的女遊客一起，幸福地快要暈厥。而那天傍晚，我們披著夕陽坐遊輪在城裡穿行，當廚師將豐盛的自助餐一一端出時，我的幸福也來了。晚霞裡，泰籍歌手的歌聲悠揚婉轉，兩岸的高樓佛塔次第而過，而我卻深情注視著桌上的海鮮與水果，早已無心看人世風景。生命如此美好短暫，那一刻，我只想做個湄南河上飽食滿足的小鬼。

戀愛症候群

不久前在微博上看到一幅漫畫，說的是有兩個青梅竹馬的蛋，不知道為什麼不好好呆在窩裡，總之每天是卿卿我我，談戀愛、看夕陽。兩個蛋約定將來被孵出來以後也要這麼死乞白賴膩在一起，真是情比金堅、羅曼蒂克啊。當然情節總是要反轉的，造化總是要弄人的。這兩個蛋孵出來以後，一個是條鱷魚，一個是只小鳥。最後漫畫以黯然分離告終。我認為作者這樣決定是對的，因為如果硬要把兩種不同綱目的動物擰在一起，這是有違人倫的。

當然我覺得這個故事背後另有深意。戀愛都是這樣，兩個人起初看對方，都是怎麼看怎麼順眼的，就和雞蛋那麼光滑，毫無瑕疵。但時間一長，缺點就逐一暴露了，於是一個成了對方眼裡的水貨鱷魚，另一個則成了對方眼裡的鳥人。

這是一種病，專家門診可以找台大音樂才子黃舒駿。他在《戀愛症候群》裡便斷定：不管性別年齡職業體重長相學歷和血型，沒有一個人可以免疫。據黃醫生說，戀愛都有這樣三個階段，第一階段是改變一些生活習性：比如「洗澡洗得特別乾淨，半夜突然爬起來彈鋼琴，女人突然改變髮型，男人開始每天練啞鈴。」第二階段則是變得格外敏感和噁心，症狀是「寫的唱的說的都像天才詩人一般才華洋溢，愈肉麻愈覺得有趣」，以及「走著坐著躺著趴著都行影不離，像是兩人三腳又像連體嬰」。黃醫生又說：「經過一段轟轟烈烈熱戀時期，不久就會開始漸漸痊癒，兩人開始互相厭倦互相攻擊對方缺點，所有甜言蜜語都隨風而去。」

專家就是專家，戀愛中的男女眾生相都活生生浮現在他這份論文般的歌詞裡。

所以戀愛總是以喜歡對方優點開始，以憎惡對方缺點而結束。我在手機裡下了一個**APP**，經常推送些八卦圖文，以慰藉我平日的無聊。恰好昨日推送了一條《十大男星被甩的原因》，大可分享。比如歐弟被甩是因為愛哭鼻子，樂嘉被甩是因為太能說，言承旭被志玲姐姐甩是因為不會照顧人，陳浩民被佘詩曼甩則是因為兩人的演藝事業陰盛陽衰。真假不可知，但至少說明，不管名人凡人，愛到最後總難免心生嫌棄。

李敖當年要娶臺灣第一美女胡茵夢時，對現女友說：我對你還是百分之一百的，但現在來了個千分之一千的，所以你得避讓下。這句話雖然暴露了李大師的數學功底，但對胡美人還是挺受用的。這時候她在李敖眼裡還是一朵鮮花，但不久離婚時，她就成了李大師嘴裡「便秘時表情猙獰」的怪咖。大師雖然自詡才高八斗，眼裡從來沒有別人，但情史一向糟爛，也要和我們這些凡人一樣，拿這種無厘頭的原因來搪塞和結束一段感情。

人總是有缺點的，帥的可能很窮，漂亮的可能腳臭，又帥又有錢的可能身高只有一米六，感情和婚姻不太適合完美主義者。在你沒有做好包容對方缺點的心理準備前，最好也先別愛上對方的優點。

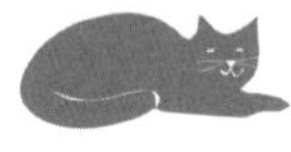

橫眉冷對丈夫指，怒掀胸衣作奶牛

歌詞裡總是會出現雋永的語句，尤其是大師的作品。雖然比不上林夕、黃偉文那麼蜚聲遐邇，但施人誠也算是名家了，好歹他也為SHE寫過《中國話》、為劉若英寫過《後來》、為奈何橋上的阿桑寫過《寂寞在唱歌》。所以從他的筆下跑出來幾句膾炙人口的心靈雞湯、哲理禪思，也不算意外。若論他最火的名言，當屬為林宥嘉寫的《說謊》裡的那句：「人生已經如此的艱難，有些事情就不要拆穿。」

是的，人生要面對許多艱難的真相。比如有錢的人物質生活就是更加豐富，聰明的孩子就是更受老師喜愛，美女帥哥去應聘工作就是比其他人簡單。我們已經認識到這些真相了，也知道自己是窮的、笨的、醜的那個了，我們心照不宣，默默忍受。你又何必再來強調多加一次傷害呢？從這個角度說，愛拆穿者總是很殘忍，很討人嫌。

日前有人發現某購物網便有個殺千刀的拆穿功能，它在每件商品的頁面下方都注明「瀏覽該商品的用戶最終購買了什麼」。於是我們得知，有許多對著某件標價一萬四的高檔相機直流口水的用戶，最後都如夢初醒，擦擦口水，歎一聲「心比天高，命比紙薄」，然後暗暗地從卡中劃出五百塊，買了個低端的同類產品。嗚呼，這就是夢想和現實的差距，真是見者

流淚，聞者傷心。該網頁功能的工程師也許初衷是為了提供更好的比較，但無意間拆穿了艱難的人生，真該拖出來重打屁股三百下。

有人是因為性格原因，偏好拆穿，有人則是職業要求，必須拆穿。比如女明星剛在鏡頭前搔首弄姿，扭扭捏捏說：人家沒有男朋友了啦。這邊狗仔隊卻晝夜埋伏，翌日便將她與猛男幽會的私照刊出。這可能是最八卦最喜感的拆穿，但于當事人的生涯而言，其實也是一種艱難的真相。所以說我就當不了狗仔隊，我生性溫和，既怕自己尷尬，也怕別人在我眼前尷尬。所以即使遇到有人吹牛或者說謊，也常常只好扮傻，附和著笑笑，不忍拆穿。像我家娘子每聽別人誇漂亮，嘴裡說哪裡哪裡，其實心裡樂開了花，你看我就從來不說破。

但不是每個妻子都能遇上像我這麼友善的老公。最近網上有則新聞，一對夫妻帶孩子參加同學聚會。酒過三巡，同學紛紛誇妻子的皮包是名牌，問價值幾何。妻子推搪不過，紅著臉道：是老公特意送的，自己也不知道多少錢。

本來到這裡便可告一段落，既秀了夫妻恩愛，又避免說出真相，危機公關處理簡直完美。誰知那丈夫不知是酒酣還是真蠢，竟然接話道：「什麼我送的？明明是你自己買的，你還說是A貨，難道是騙我的？」一番話說得同學面面相覷。妻子臉上也是青一陣紅一陣，當下便乾了一杯白酒，憤而掀起衣服，當著所有男同學的面，給孩子喂起了奶。真是橫眉冷對丈夫指，怒掀胸衣作奶牛，端的是一名巾幗英雄！不知餵奶時，她心裡是否在感慨遇人不淑，也不知她丈夫是否能從此意識到人艱不拆的意義。唯一能知道的是，那些男同學將來肯定沒事就要喊他夫妻倆喝酒，邀請時還得客氣地囑咐：那什麼，請務必把孩子也帶上。

古龍的傳奇人生

上世紀九十年代，大學校園裡流行一句話：男讀王小波，女讀周國平。當然，這是比較有格調、有面子的說法。而實際上在更大眾的範圍裡，女生讀瓊瑤的要比讀周國平的多，男生讀古龍的要比讀王小波的多。

我年輕時也讀古龍和王小波，這兩人都是我喜愛的作家。其實對文人的喜歡都是愛屋及烏。用錢鐘書的話來說，就是吃了一個好吃的雞蛋，卻對那只下蛋的母雞情根深種，這是很不科學的。

當年我讀完幾本古龍，就很不理智地迷上了這個運筆如刀的男子，初以為他如楚留香、陸小鳳那麼玉樹臨風，後來翻到照片才發現是個其貌不揚的矮胖子，頓時失落了半天。不過幸好有了這樣的體驗，後來我讀完《黃金時代》，再看到王小波那張歪著腦袋，咧著大嘴的醜臉時，已經能做到心如止水，不泛漣漪了。

作為武俠大家，古龍總是被拿來與金庸相比。在我看來，他的文字更符合現代大眾的審美，短、平、快。吐字如吐血，出句如出劍，潑辣爽利，招式不多，但風情俱在，直抵人心。若說金庸的語言像一首慢詞，徐徐鋪開，情景相融。古龍的語言則像一首五絕，乾脆俐落，點到為止。

與他的文字一樣，古龍的人生也是傳奇，他筆下的主人公身在江湖，而他自己也混黑社會；他的主人公都愛飲酒和美女，而他自己也是嗜色如食、嗜酒如命。不得不說，他的異性緣令人眼紅，即便長得那麼醜，即便是在最窘迫時，也有美女心甘情願為其暖床盛飯。呵，那是個不需要權錢，僅憑才氣就能把到妹子的時代，想起來便令人神往。不過酒和女人都是傷人利器，一個傷身，一個傷心。喝到肝硬化的他不顧醫生建議，繼續豪飲，終於不支。臨死前，他躺在床上淒涼地問：「為什麼我認識的女子，一個都不來看我。」唉，世情澆薄，催人涕下。也不知傷身的酒和傷心的美人，最終究竟是哪一個徹底要了他的命。

金庸寫完《鹿鼎記》封筆時是四十八歲，梁羽生也說過了五十便不宜再寫。古龍則在四十九歲猝然離世，像一次更為殘酷決絕的封筆。如果用他自己的作品來形容他短暫的人生，最形象的無疑是《流星·蝴蝶·劍》。他像一顆轉瞬即逝的流星，在熄滅前綻放了耀眼的光芒。他像一隻風雨裡凋零的蝴蝶，在死亡前完成了畢生的飛翔。他又像一柄已經悄然歸入匣中的古劍，人間已無龍吟聲，卻依然留有它十步殺一人、千里不留行的傳說。

據說古龍死後，好友倪匡等人買了四十八瓶 XO 陪葬。倪匡坐在棺旁，飲一口酒，往棺內的古龍嘴裡倒一口，以這樣絕倒的方式祭奠一位絕妙的人，也算是佳話了。知己就是知己，希望我將來百年後，死黨們也能如此懂我。我不好酒，你們可以拿些《花花公子》的雜誌，靜坐棺邊，陪我一起看那些豐乳肥臀搖曳在塵世的女郎。

給我滾出ＸＸ圈

網路上現在流行這樣的句式：李煒滾出娛樂圈！袁珊珊滾出娛樂圈！乍一聽還以為他們惹怒了娛樂公司的老總，被勒令金盆洗手呢。後來我才知道，其實只不過是一些不喜歡他們的網友，想通過如此義憤填膺的表達，來刷自己的存在感和話語權。類似的口號還有：五仁月餅滾出月餅圈！處女座滾出星座圈！網友們如此興奮地表達立場，充滿了黨同伐異的快感。

這種句式的好處就在於，不管你平時有多麼失敗，但說出這句充滿憤慨的祈使句，就彷彿真當了話事人一樣，用《萬萬沒想到》裡的臺詞來形容就是，好像還有點小激動呢。

其實集體讓某人或某事物從原有環境中離開，這種方式我們並不陌生。從前有一隻鴨子，自小就醜得慘絕人寰，備受歧視，後來我們都知道，它被要求滾出了家禽圈。從前還有一個快樂王子，自他將渾身的寶石和金箔贈予窮人後，便暗淡無神，形容不堪，後來我們也知道，他被要求滾出了雕塑圈。不單童話裡如此，在金庸老先生筆下，也曾有一個小和尚跪倒在眾僧面前，那些師兄弟歷數他犯的戒條，然後異口同聲要求：虛竹滾出禿驢圈！而他的義兄蕭峰看到此幕情景，不禁悲從中來，仰天長嘯，因為

他想到了不久前在杏子林，自己同時滾出要飯圈和漢人圈，被雙開的那個夜晚。

最近不太受網友待見的是數學，它被七成網友要求要滾出高考圈，可見不太得人心。我之前也寫過專欄調侃數學應用題，說我們的應用題總是很無厘頭，很有星爺的風采。比如雞兔同籠，數頭若干，數腳若干，問雞兔各有幾何。這題的荒謬在於，你都數頭了，難道你分不清哪個是雞頭哪個是兔頭嗎，用鎮關西的話說就是：出題人你是來消遣我的吧？

高考題自然不會如此簡單，但部分網友總結自己討厭數學的原因，正是在於它太難了。這方面我也有經驗，剛學立體幾何時，有堂課老師講到一題，在立方體中添加了十數條輔助線後，堂下眾人早已是頭暈眼花，目瞪口呆。見大家均是一副弱智的神情，老師也是越講越生氣，氣著氣著便自己都亂了，不知下一步要怎麼寫。要說薑還是老的辣，只見他故作歇斯底里狀將粉筆一摔，怒吼一聲道：你們給我好好想想，想明白了我再來。然後華麗地轉身，逃到辦公室查教參去了。可見題之難，師猶如此，生何以堪呢。

我高中的數學成績挺好的，考過全市第一，按理說我應該假模假樣，強調數學的重要性。而且我現在也不用面對考試了，完全可以幸災樂禍眼看那班後生仔步我們後塵，忍受高考之苦。但我還是想站在七成網友那邊。我覺得對於大多數人來說，有中考那點基礎便足以應付人生，所以對於數學滾出高考這樣的議題，我的想法可能更出格。我認為所有的科目進入高中都應當是選修，你想學哪個學哪個，愛考哪門考哪門。不感興趣的，不如統統給我滾出高考圈。

讓我們紅塵作伴，吻得瀟瀟灑灑

上週末去參加朋友婚禮，兩個新夫妻，一台老程式，現代婚禮的模式總是千篇一律的。司儀登臺請上新郎新娘，宣宣誓、倒倒酒、夫妻及雙方家長表表態，然後親朋好友跟著起起哄，席捲掉一桌酒菜就算罷了。裡面照例是要捉弄捉弄新郎新娘的，礙於是公共場所，不能搞得像鬧洞房那麼有傷風化，所以也就只能讓新人當場接接吻，以饗席間一班老少流氓。

我朋友和她的小白臉在臺上熱吻之時，我正在台下口水直流，因為剛上了一盤紅通通的紅燒蹄膀。如你所知，我對生猛海鮮更感興趣，而對別人摟在一起互啃一事漠不關心，一則，啃的又不是我；再則，在接吻的理論知識上，我起碼已是專家級別。

比如我知道，接吻據說可以鍛煉臉部肌肉，一個熱情的吻會使面部29塊肌肉處於緊張狀態，包括12種唇部及17種舌頭部位的肌肉。當年陳冠希老師剛出道時，我就詫異，這廝為何演戲時臉部表情如此豐富，嘴一會兒抿著，一會兒撅著，總之造型很百變。後來才知道他經常與一些女星鍛煉面部肌肉，真是臺上一分鐘，台下十年功啊！所以那些嘲笑他的人可以收聲了，你們知道陳老師有多努力嗎？

比如我還知道，接吻據說可以預防牙斑和齲齒，和牙膏作用相似，

但千萬不能因此就不刷牙，否則你甫一張嘴，脫口而出的沼氣便將吻友放倒，這時你要做的就不是接吻，而是人工呼吸了。

法國人的接吻方式被稱為「靈魂的結合」，由此可以推測，他們的靈魂平時是住在舌頭上的。但我覺得天下人接吻的方式大同小異，何以高盧人的口條糾纏就神聖，而我們的靈蛇吐信就觸及不到靈魂呢？我覺得這是對其他國人浪漫能力一種赤裸裸的歧視。

之所以說天下人接吻大同小異，是因為雖然術業有專攻、技巧有高低，但起碼用到的器官都一樣，而且無論你是否左撇子，接吻時頭卻總要往右歪。無論你在準備階段用多麼灼熱的目光緊盯對手，當他或她的臉湊上來時，你卻總要閉上雙眼。達官貴人、平民乞丐莫不如是，所以說接吻才是最平等的事。

作為一個學過兩年生物的半吊子，我還知道接吻時會分泌內啡肽，這是一種有止痛作用的麻醉劑。所以有心的男士在你物件每個月有幾天疼痛時，不要老是喊人家多喝開水了，倒不如溫柔抱住，浪笑兩聲，給她一個誠意十足的法式濕吻，可能會有更好的臨床效果。

最後，據說接吻最受歡迎的作用是減肥，輕輕一吻，能消耗3卡路里的熱量，激吻一分鐘，便已經消耗了一塊巧克力，哪怕中午吃下一整塊14吋的披薩，只消你肺活量夠，呼朋喚友來熱吻個一場電影的時間也便消

化了，簡直比化功大法還要厲害，真可謂吃貨福音。

當然這也是我的福音，哪天我若不想上班，便去開間減肥診所，幫助那些整天嚷嚷要減肥的姑娘們。與其暴殄美食，不如讓我們一起紅塵作伴，吻得瀟瀟灑灑。

人生多難，要堅持許願

兩周前我剛過了三十三周歲的生日，請了若干狐朋狗友，血紅著雙眼直奔海鮮城。如你所知，那裡的點菜區擺著一個接一個的魚缸，裡面搖曳著各種婀娜身姿的海蟹、大蝦和東星斑，在吃貨的眼中，誘惑力不下於阿姆斯特丹櫥窗裡的粉紅女郎。

我揮斥方遒的迅速點完菜，片刻後，便開始與同來的吃貨們草菅那些海鮮幼小的生命。當一片片刺身、一只只蝦肉輕快地滑過舌苔，穿過咽喉、抵達胃裡的溫柔鄉時，我渾身一陣舒爽，用梁羽生老先生的話來說，就是覺得宇宙裡沒有別的了，只剩我和那些海鮮一起，達到了生命的大和諧。

食罷海鮮，一個死黨打著飽嗝問我有什麼生日願望，一下把我問住了。我捧著肚皮想了半天，也不知如何作答。因為我的願望一直都是：「父母身體健康家人平平安安我自己升官發財今天中個五百萬明天又中五百萬後天再中五百萬最好每天都中個五百萬。」其實誰也沒規定生日願望只能許一個，也沒人規定這個願望可以有多大。但我覺得這麼說似乎有點不太厚道，所以也就乾脆不說了。

人總是一出生便要與願望打交道的。即便你尚不懂事，也要被強加

上父母的期望。古代有「抓周」的習俗，孩子周歲時把他擺在一堆物件中間，抓到什麼就預示著將來的職業和前途。據說濟公童年便是抓到了木魚才出家的，當然這只能怪他父母太笨，誰讓你偏要把和尚用品放在裡面的呢。

強加的願望多半是自我的安慰，所以父母得做好世事難預料的心理準備。子女抓周抓到話筒，未必能成歌星，說不定將來修音響；子女抓到設計圖，未必能成建築師，說不定將來工地搬磚；即便抓到蠟燭，也不意味著一定能成為教師，你得留神他抓住蠟燭時，眼神是不是還笑盈盈地盯著小皮鞭。

自己的願望也好不到哪裡去，抑或是虛妄的奢想。我有時感慨營生不易時，常會回憶少年那些志願。我曾想過當發明家受人敬仰，想過當文學家著作等身，甚至想過當畫家，一不小心就散發出藝術的氣息吸引到了周圍的姑娘，可惜都一一破滅了，我現在只是在塵世裡混吃騙喝，做著最普通的事，當著最平凡的人。

願望種種，歸結起來無非是健康、愛情和名利這幾樣，而對於多數人來說，這幾樣恰恰是最不易得到和最容易失去的。正是這樣的人生多艱，我們才堅持去許願。生日時許、祭祖時許、拜菩薩時許、見到流星墜落時許。總之只要有微弱的希望，便是在暗夜裡的火光，是急流裡的救命稻草。

對於我來說，我倒不太相信生日的心跡，以及流星的魔力，我比較相信一本老漫畫《七龍珠》，裡面說，這世界上有七個球，當我集齊它們時，我發財的願望就一定能夠實現。嗯，沒錯。所以生日的海鮮大餐後，我立即跑到附近的福利彩票店，虔誠地買了七個雙色球。

聊菜名兒

一千個人眼裡有一千個哈姆雷特，一千個人眼裡也有一千種旅行的方式。對於文藝青年，旅行是感悟生命淨化心靈和拗各種憂傷的造型拍照，對於土豪來說，旅行是一下機場便血紅雙眼拎著蛇皮袋直奔免稅店人擋殺人佛擋殺佛，而對於像我這樣的吃貨來說，旅行則是敢入深山吃猛獸敢下五洋吃海鮮。

最近我雖然沒有去旅行，但是整個上周都在北京聽一些教授專家講授旅遊之道。縱使這些專家理論理論知識相當深厚，講到規劃發展這些枯燥內容我仍然受不了要昏昏欲睡，只有講到鄉土菜肴特色小吃時，我才會噌地一下抬起頭來，擦擦嘴邊的口水豎起耳朵來聽。於是只見我在課堂上時而伏案大睡，時而警覺而起，活像個神經病。

其中有位教授講到個例子，頗有趣味。他給蜀地某三國特色餐館參謀時，為求差異化，專門在菜名上下功夫，力求每道菜都有文化有典故，比如端上來一盤烤肉，器皿卻做成舟型，上面插滿牙籤，聰明的你想必已經猜出了，這道菜叫「草船借箭」，再比如幾條鴨舌，周圍一圈豆腐乳，當然就叫「舌戰群儒」。教授的思路很啟發人，我當場便設計了一道歷史典故的菜：司馬遷受刑，也就是爆炒牛鞭。這道菜製作的要點是多放辣，如此一來你方能在舌尖上與昔日的太史公產生共鳴，千年一歎。

中國人比較愛弄這些文化上的噱頭。給我講課的那位教授自然是有真貨的，他包裝的那家餐館也不吝嗇，起碼草船借箭和舌戰群儒端上來都是葷菜，值得掏錢一品。若是小成本餐館，建議還是不要附庸這種風雅。很早以前便有一則故事，說某小店生意淡薄，有人獻招說包裝菜名，於是用兩個雞蛋便整了三菜一湯，菜名連起來是杜甫的絕句。第一道叫「兩個黃鸝鳴翠柳」，是兩個雞蛋黃，旁邊放點韭菜。第二道叫「一行白鷺上青天」，是一個蛋白切成塊兒排好，旁邊又是韭菜。第三道「窗含西嶺千秋雪」則是另一個蛋白切成沫，這回連韭菜都沒用。第四道更簡單，直接用剩下的雞蛋殼漂在清湯裡，便是「門泊東吳萬里船」了。故事沒有交代結局，但我猜這個店多半是讓人砸了。

若你對這個故事沒有印象，你應該還記得趙麗蓉老師1996年春晚上的小品《打工奇遇》。裡面是這麼說的：宮廷玉液酒，一百八一杯。但我們後來知道，其實就是那個二鍋頭，兌的那個白開水。其中還有一道菜，鞏漢林老師曾托在手裡得意地唱：你看這道菜，群英薈萃。讓您老八十一點兒都不貴。不過後來也讓趙老師戳穿了：它就是一盤大白蘿蔔！

所以比起菜名來，內容其實更含糊不得。名字追求的是好記和印象深刻，未必一定要雅致，只要有特色，市井一些、庸俗一些並無大礙。老

乾媽也能上市，狗不理照樣聞名。對於吃貨來說，色香味也許更重要些，比如我平時非常愛吃拉麵，只要勁道入味，便能隨意饕餮三大碗，至於名字，我管你叫味千拉麵、老王拉麵、還是叫老王拉出來的麵呢。

大學畢業生個人評價範文

本人是一名電腦系大四的畢業生。

思想方面，我追求上進，不甘落於人後，長期在朋友圈保持飛機大戰、天天酷跑等遊戲的冠軍紀錄。同時我積極面對生活，興趣健康向上，堅持鍛煉身體，每天到野外打怪兩個小時以上。

作為一名電腦系的學生，平時我能潛心研讀各類遊戲攻略，認真觀看電子競技經典戰役視頻。並且酷愛鑽研問題，經常為了英雄點哪個天賦，出什麼符文思考到深夜。通過四年的勤奮學習，目前我已經能夠熟練操作電腦與異性聊天，精通WOW、LOL、CF等各類軟體，熟悉各種程式語言，能用火星語言編寫「當愛輸給眼淚，謊言也變成種慰藉」等憂傷語句。

除此之外，本人還利用業餘時間，完成了一些職業資格考試，目前已經獲得的專業技能證書有「魔獸世界剝皮高級」、「英雄聯盟排位黃金四級」等。

性格上，我為人開朗，經常與朋友們分享各類幽默段子，發出「哈哈哈」、「笑死了」、以及「博主你夠了」等樂觀的轉發語。做事認真，盡職盡責，屢屢在英雄聯盟中堅守上路，無論對手裝備多好，人數多少，嚴格做到人在塔在，為隊友在中路和下路打開局面作出貢獻，並多次在賽

後獲得隊友點讚。

生活中本人細心謹慎，無論是親戚、同事還是前女友在 QQ 上問我「有沒有開通網銀」我都會仔細盤問，從未上當。並曾在路上撿到五元、十元、二十元等不同面值的人民幣若干次。同時極富同情心，汶川地震、玉樹地震、雅安地震期間，多次在微博上點燃蠟燭，為災區人民送上自己的愛心。

在人生觀和價值觀上，我淡泊名利，雖然連續獲得「幸運52」、「中國好聲音」等節目的場外大獎，累計獎金高達數百萬，但從未放在心上。

在校期間，我也不是一味埋頭學習，兩耳不聞窗外事。我長期擔任各種學生工作職位，例如韓庚全球後援會會長，張傑全球後援會外聯部部長，以及魔獸世界「狂拽酷炫」公會副會長。並多次成功組織大型副本活動。

我還積極參與各類社會實踐活動，以增加自身的閱歷。例如滿 200 減50的活動，滿 500 送 300 券的活動、買一送一，以及歷年的雙十一搶購活動。能熟練計算各種折扣。同時熱心公益事業，主動參與各類「幫助汪峰上頭條」「隨手拍解救單身男青年」等公益活動。

曾連續多年獲得「謝謝惠顧」、「謝謝品嘗」，「再來一瓶」等國家級榮譽，以及學校門口網吧老闆授予的 VIP 資格。

當然我也有一定的不足，例如缺乏社會經驗和閱歷，人脈不廣，在將來的生活中，我會通過微信、陌陌等社交軟體「搖一搖」的功能，多結識朋友，多溝通生活，來彌補自己的缺陷。

榮譽屬於過去，大學的回憶美好卻又短暫，我會牢記它留給我的優良傳統，繼續努力，完成自己人生的主線任務和支線任務。

老唐，你怎麼這麼傻啊

我的朋友老唐今年雖然才三十多，卻時常嗟歎自己已經不屑談愛。他像個老去的戲子一般，成日坐在時光裡嗟歎。他說年輕的時候耐不住寂寞，所以很容易便能喜歡上一個人。他邊說邊對著鏡子找鬢角的白髮給我看，然後自嘲地說：「你看，現在我連衰老都不怕，還怕寂寞嗎？」他說逐漸對男女瞭解，明白人性不過如是，可能也是現在恥于談愛的原因。

他努力表現地老成世故時，我卻想起他的少年往事來。

他十四歲上初二，喜歡上了同校高一的女生。那時老唐還是小唐。

一學期一次的校運動會，每個班級的休息區被安排在固定的位置。小唐跑完一千五百米，披著衣服走回休息區，然後他就愣住了。在他們班級後面那塊區域裡，一個穿高中校服的女生無意間看了他一眼。多年以後，他已經幾乎忘記了她的長相，卻始終記得那雙又黑又亮的眼睛，和深得一眼便能刺到他心底的目光。

老唐後來很俗套地和我說他被電了一下，我笑笑。他急了，很認真地拉住我，發誓說真的，他說這麼多年只有這一次被電過。之後生命裡無論遇到的女子多麼明眸善睞，都再沒有那種交流。

之後的事情便又瘋狂又無聊，小唐開始上課魂不守舍，花心思找到了女生在哪個班級，一下課便到陽臺上找她的身影。每天中午一放學，小唐瘋一般地沖出去，遠遠地等她，然後興奮地踩著自行車跟在她後面。說來也巧，那女生中午吃飯的地方離他家只隔著一堵圍牆。他隨便扒拉幾口，便跑到家裡的二樓看她吃。等她吃完上路，他又瘋一般地踩著自行車追。老唐回憶說，當時也沒想過能不能和她說幾句話，就是覺得每天這樣跟在她後面就很安心。

再後來我找關係問到了女生的姓名和生日，他無比激動，立刻寫了封信，傻乎乎地用本校的信封裝上，連希望一起寄了出去。女生的班主任見到這麼一封寄自本校的信，本能地覺得有問題，拆開看完又給小唐的班主任看，找女生談話。小唐立時覺得天崩地塌。

事態沒有想像中嚴重，兩個人都沒有受到處罰。只不過那女生有一次悄悄找到小唐，說了句：「你怎麼這麼傻啊。」然後笑著離開了。再下個學期，就不知什麼原因轉學了，臨走前還找小唐合了張影。

再往後是小唐高考結束後，某個高中同學晚上在酒店請吃酒，我和他一道前去。剛進門，一個女人沖他笑眯眯地招手。小唐看清楚後心顫了一下，然後喝了很多酒。迷迷糊糊中，他記得她問：你還喜不喜歡我。他猶豫了一下說喜歡。然後她擁抱了他，然後他們接吻。

老唐後來分析說，可能她那時在大學裡失戀了，很寂寞才這樣對他，

但是很快她應該又戀愛了。因為老唐一進大學馬上給她寫了信，和過去一樣，沒有任何回覆和音訊。

老唐這輩子和她全部的故事便是如此：一次對視、一句話、一張合影、一個擁抱和一個吻。尤其是那個夜晚，好像只是命運犯了個小小的錯誤。

這是我認識的老唐，他說他現在已經恥于談愛了。

史上最喪心病狂的三大職業

有一個事實是：世上本沒有那麼多路，開車的人多了，路也就多起來了。你得承認，如今四處修建的各種公路，首要服務的基本都是數量愈見龐大的開車人。

車當然是個好東西。人類總是熱衷於發明各種物品，來彌補身體機能的缺陷。比如說手不夠長，搔不到後背，於是有了癢癢撓。視力不夠好，看不清對窗洗澡的姑娘，於是有了望遠鏡。還有一群美國人深感年老體衰，雄風不再，於是有了輝瑞製藥。照此說，車的問世應該源於人類對於自己腳力的不自信。

第一輛車何時問世已經不可考，但第一輛不靠牛馬拉動的車，野史還是有跡可查的。相傳魯班就製造過一部木車，由木人駕馭木馬，能一日千里。車造好之日，魯班請自己的母親端坐其上親自體驗。只見魯班稍一撥弄，木車果然揚塵而去，她的母親從此再也沒有回來。魯班望著滾滾煙塵，才想起好像忘記裝導航了啊。

現代的車不至於這麼蠢了，功能越來越高級和智慧，高檔一些的車，舒適程度甚至能直逼你的狗窩。但與此同時，開車人卻顯得越來越蠢。

開車人的第一蠢，體現在哪怕平時修養再好的紳士，一操持方向盤，

就馬上像吃了暴躁丸。尤其是一遇堵車、超車，當時便能大放厥詞，兩眼血紅，恨不得出來咬前面車裡的人。若再不慎弄個追尾，兩個司機下來互相問候女性親屬，廝殺一番更是常有的事。

專家稱這是「路怒症」，屬於無藥可救無人能醫的絕症。對於這點我在上中學時便深有體會，那時我擁有一輛愛車，在路上駛著駛著，鏈條就會脫落下來，我修得一手油污時，也會路怒。

開車人的第二蠢，是自以為是。我在駕車的前兩年就是如此，仿佛自己是最牛逼的車手，把車開得飛快，超越別人時便暗自得意：「呵呵，開那麼慢，菜鳥。」若是此時有一輛更快的車從身邊疾馳而過，我又會立刻露出不屑：「呵呵，開那麼快，傻逼。」再比如，別人要切入車道時，我的反應是「擠什麼擠！」我若是要切入別人車道時，反應則是「讓一下會死啊！」所以司機眼裡永遠沒有準確的駕車方式，自己的才是最標準的。

關於司機，還流傳著這樣一個傳說：不能讓女人開車，否則遲早會發生恐怖的事。據小道消息透露，史上最喪心病狂的三大職業便是：恐怖分子、黑社會和女司機。她們能弄得清瓶瓶罐罐的粉、蜜、乳、霜，卻常常搞不清簡單的油門和剎車。不久前，我還看到一則新聞，某女司機誤將油門當剎車，一下子把指揮倒車的丈夫夾在車與牆壁間夾死，真是一腳天堂，一腳地獄啊。由此可見，指揮女司機倒車比指揮打仗還要來得兇險。

之前正在熱播的電影《地心引力》便說的是個女司機的故事，雖然人家開的是飛船，但照樣開得跟碰碰車一樣呢，所到之處，無不摧枯拉朽，灰飛煙滅。最令人髮指的是，這還是部 3D 電影，一個多小時，讓你仿佛身臨其境置身于恐怖女司機的車裡，那叫一個絕望。反正我是看的臉色煞白，仿佛看了一部慘烈的交通事故警示教育片。

好一個女漢子

浩瀚的我國文學史裡，一直有個懸而不決的疑問。一個女子，「萬里赴戎機，關山度若飛。朔氣傳金柝，寒光照鐵衣」。而她的小夥伴與她「同行十二年」，竟然「不知木蘭是女郎」，神秘性堪比恐龍緣何滅絕這一世界級難題。有人疑是她的小夥伴太蠢，有人疑是戰爭殘酷無心發現，但據我考證，之所以木蘭扔在一堆臭男人裡毫不起眼，因為她就是傳說中的女漢子。

過去有人調侃世上有三種人，男人、女人和女博士。斗轉星移，世事變遷，正所謂三十年河東三十年河西，現在第三類人已經悄然換成了女漢子。君不見女博士尚有王力宏這等鑽石王老五垂青，而女漢子卻依然只能在長夜裡望月空歎，孤枕難眠。

還有人稱女人為 woman，而女漢子為 wo-man，即「我比較 man」之意，短短一條橫線，隔出兩個世界，真是淒涼。

每個人對於女漢子都有自己的定義，不外乎言行粗魯、個性豪爽等等特點。而在我腦海裡，想到女漢子，則總是有如此的一番場景。我提著沉重的行李箱緩慢地走，漸覺吃力，步伐滯重。正在我絕望地要停下來休息時，一隻大手出現，一個粗粗的嗓音說：「我來幫你吧！」我抬頭一看，擦！是一個比我還強壯的姑娘。只見她二話不說輕鬆把行李扛上肩，三步兩步便到了月臺。放下箱子，我感動地熱淚盈眶，連忙問：「謝謝！姑娘你怎麼稱呼？」「叫我女漢子！」她轉身留給我一個雄赳赳地背影，轉眼便消失了，風裡只剩下一陣「哇哈哈哈哈哈」的笑聲。

綜上所述，女漢子大概就是外表、言行向男性靠攏的一類女性。雖然不知是先天的原因還是後天的突變，但總之「傾國傾城」「弱柳扶風」「如花似玉」這種詞是不能形容她們了。適合她們的形容詞是「聲若洪鐘」、「一身是膽」、「一夫當關萬夫莫開」諸如此類。

女漢子一般留短髮，穿平底鞋。打扮以中性為主，甚至偏向男性化，偏好牛仔褲，基本杜絕裙子，女漢子穿起裙子來的駭人效果，和女人長鬍子是一樣兒的。女漢子一般不會精心化妝，性格大大咧咧，吃起飯來不顧吃相，既和男生稱兄道弟一起口無遮攔打遊戲，又是女生群裡擰水瓶蓋、換電燈泡、搬飲水機桶的一把好手。女漢子往往人緣都不錯。

她們當然也渴望愛情，不過要和軟妹子比溫柔、比小鳥依人，的確毫不占優。若要搶佔愛情高地，就必須另闢蹊徑。我童年時讀過一部評話《薛丁山征西》，裡面的樊梨花端的是一條女漢子，數次三番在戰場上痛扁薛少爺，生生揍出了一條愛情的康莊大道。還有那《河東獅吼》裡的張柏芝，不也管得老公服服貼貼嗎？所以倒也不必自卑，對愛情望而卻步，

要相信這個世上總有欣賞你氣場的男人，要敢於對這樣的男人，大聲說：
「怎麼地，老娘就是這樣的漢子！」

肺呼吸的痛

大馬歌手梁靜茹有首經典歌曲，詞曰：「想念是會呼吸的痛，它活在我身上所有角落，哼你愛的歌會痛，看你的信會痛，連沉默也痛。」據我考證，這首作品並非形容相思，而是描述大陸人民的日常生活。比如我在老家宜興，每日開門一呼吸，霧霾就活在我身上所有角落。哼你愛的歌肺痛，看你的信肺痛，連沉默也痛。

所以現在若想尋死，大約有兩條可行的辦法。一是停止呼吸。二是不停呼吸。

之所以有如此大的殺傷力，是因為白馬非馬，霧霾非霧。據說兩者的區別是，霧的水分含量足、濕度高；而霾的灰塵顆粒多，水分不足。所以霧和霾大約就是二十歲的姑娘和五十歲的女人的區別。如果你一出門滿世界都是更年期大媽，估計也會有輕生的念頭。

前天我一早出門辦事，整個世界都籠罩在迷霧裡，數米外便是一片朦朧，恍若天上人間。我開著車在路上龜速前行，根本無法看清前面有沒有車輛和行人，遑論高處的交通信號。起初我提心吊膽，生怕一不小心便過線闖了紅燈，不過後來轉念一想，心裡便泰然許多，因為我料想那攝像頭也未必能撥雲見霧，看清每個人的車牌。

開車不易，步行則更艱難。這種天氣選擇將鼻子暴露在光天化日之下，需要有視死如歸的勇氣。除非你採取防護措施，否則極易走著走著便一頭昏厥不省人事。即便能安全到達目的地，摳一摳鼻子也能輕鬆挖出兩斤泥沙來。考慮到防毒面具過於沉重，而且昂貴，還是戴個口罩簡單易行。正如非典發板藍根財，核洩漏發食鹽財一樣，也有人要在霧霾天出街賣口罩，不過後來聽說他看不清迷路了，很是可惜。

買不著口罩不礙事，有網友給出了更絕的妙招，將香煙過濾嘴撕去紙皮，將濾芯插入鼻孔，既能自由呼吸，又能過濾灰塵。醜是醜了點，但用周星馳的話來說，還當真是居家旅行殺人滅口之必備良品。

霧霾天也不全是壞處，有的小夥子便專門選擇在這種極端天氣裡出門相親，趁姑娘看不清自己長相時敲定買賣。雖然有商業欺詐的嫌疑，但好歹成就一樁姻緣。還有人稱上午領媳婦兒上街，一不留神沒看清，回來時手裡竟然牽了別人家的媳婦兒，消息傳開，一陣譁然，下午那條大街上便全是大老爺們領著自家老婆在閒逛。

據說霧霾還有利於軍事防衛，看新聞有專家指出，霧霾可以讓敵人的導彈找不准目標。當然這在歷史上是有先例的，當初黃帝和蚩尤涿鹿大戰，黃帝軍隊長驅直入，驚得蚩尤只能作法，於是天降大霧，黃軍遂迷失了方向。幸好黃帝還是發明創造的小能手，他研製出了指南車，才給手下指明了方向，奪取了最終勝利。不過這都好幾千年過去了，戰爭也從冷兵器時代進入高科技時代，不知專家憑什麼認為對手的導彈還需要靠肉眼瞄準，著實令人不解。

遊戲跟人生其實差不多

有段時間迷戀一款叫《英雄聯盟》的對戰遊戲，十個人分別操控一名英雄，分成兩組對戰。由於英雄的屬性不同，特點也不同。其中血厚防高的俗稱「肉盾」。所以每每一進遊戲在選英雄的階段，仿佛進了餐館，總有人在問：肉呢？有肉嗎？肉在哪兒？我當初沉迷這款遊戲時，常常雙眼血紅鏖戰至深夜。以前常聽說通宵打遊戲對身體有傷害，初時還不信，後來才發現果真如此。因為我每次只要打遊戲超過兩點不睡，媳婦就會一耳光扇來，傷害我本已虛弱的嬌軀。

遊戲之于男人，仿佛購物之于女人。女人總愛約上幾個閨蜜出街shopping，男人總愛叫上狐朋狗友一起組隊副本。女人能在購物廣場逛上一整天看各種衣服裙子和高跟鞋，男人也能在遊戲商店連著搜索幾小時各種武器鎧甲和技能書。女人能在雙十一零點苦等秒殺，男人也能在新區開放時守點沖級。女人能為買到一個漂亮包包興奮大叫，男人也能為打出一件極品武器直呼過癮。

所以男女倒也不必互相苛責，遊戲如購物一般，本身都是平淡生活裡的調味劑，只消有度，便是正當興趣，若是無度，則建議像戒淘寶的女人般自發毒咒：再上我就剁手。沉迷遊戲的人我亦見過不少。還記得大學時有一哥們兒，人稱偉哥。九月份開學時紮入網吧便不見人影，真是時光如水，歲月如梭，等他再次從昏暗的網吧出來踏足人間時，樹上的葉子已然悉數掉光，而偉哥卻依然身著夏天的T恤，腳上穿著涼拖。他縮著脖子用癡呆的眼神看向路人，恍若隔世。

其實遊戲說起來虛幻，其實倒也與人生頗有雷同之處。比如上學，便與遊戲神似。遊戲裡人物有級別，讀書時人也有。初開始都要從一年級讀起，每日積累經驗。家庭作業便是遊戲中的日常任務，若認真做，經驗便長得快，不做自然要落後於人。而考試則如同下副本，考卷上每一道題都像是遊戲裡的一個怪，前面的選擇題和判斷題均是小怪，有時僥倖也能戰勝，而每張卷子後總有幾道大題難題，和遊戲中的BOSS一般難以應付，令人頭疼。於是實力弱的同學自然會在進考試副本前遍尋大神組隊：「兄弟，帶帶我好嗎？」

讀書和遊戲一樣，只消願意花錢，待遇也能與常人有異。去年有條新聞，家長為了孩子在學校不受欺負乾脆買下幼稚園。為了孩子在伺服器裡排行第一乾脆把遊戲都代理下來，堪稱為天下最牛的人民幣玩家。

遊戲中還有各種地圖，怪物的級別都不同。在我的學生生涯記憶裡，黃岡這張地圖的怪物總是最變態的，挑戰難度亦最大。我當年雖然成績夠硬，不慎也會挺屍於彼。如今我已久不在江湖，也不知現在的學生仔，又在哪些地圖上廝殺和戰死。

醉過方知酒濃，胖過方知人重

我常年在微博上更新一些無節操的文章，博人一笑，賺點人氣，久而久之，倒也有了不少圍觀的粉絲。但講笑話是把雙刃劍，為了烘托氣氛、增加笑果，時常要自損形象。於是在那些無良的粉絲眼裡，總覺得我是一個四十多歲，滿臉猥瑣兼頭頂英年早禿的胖大叔。

天可憐見，其實我才二十五歲左右，誤差不到七八年。而且認識我的人都說我和《武林外傳》中的呂秀才神似，卻不像燕小六和邢捕頭那般猥瑣。另外毛髮不算茂盛，倒也沒有形成地中海的地貌。這兩年我主動減肥，重新回到65公斤以下級別組。所以粉絲對於我的猜測，非要說准的話，只有一條：「胖過。」醉過方知酒濃，胖過方知人重。之所以我捨得拋棄饕餮的快感，痛下決心節食減肥，正是因為我肥過，深知胖人的痛苦。

胖的痛苦之一是視覺效果不佳。人以五官區分長相，但你有沒有發現，胖子的面相卻總是出奇相似，這是因為臉上的肥肉喧賓奪主，瘦小的五官被擠在一起反而吸引不了注意。更有人稱：別人是臉、腰、腿、胳膊，胖子則是月僉、月要、月退、月各月尃。形象得催人淚下。我懷疑手機螢幕越做越大，亦是為了方便胖子自拍。否則一個區區4吋的螢幕，如何裝得下你一平方的大臉。

胖的痛苦之二是無法選到合適的衣衫。畢竟廠商為胖子生產一件同樣的衣服，要多用布料卻還不能賣更貴，這種「加量不加價」的買賣，換了我也不樂意。在我看來，用「S」、「M」、「L」來標碼雖然方便了挑選，但也無形間貼了歧視的標籤。你看那些挑揀S碼褲子的女子，多半臉上有愉悅自得之色，而悄聲告訴售貨員「幫我取一件XXXL」，則需要很大的勇氣和很硬的臉皮，而且多半是遮遮掩掩，面露羞澀，仿佛不是在shopping，而是在承認和隔壁老王有了私情。網上還有胖子諮詢，問穿什麼樣子的衣服方顯好看。我耐心勸慰他：穿衣呢，最重要的是隨性，不用多慮，因為胖子穿什麼都不會好看。

胖的痛苦之三是難以成為愛情的主角。君不見偶像劇的男女主人公，可以不帥不漂亮，可以不富有沒工作，但絕對不可以是個胖子。即便剛開始是個胖子，如劉德華和鄭秀文當年演的《瘦身男女》，但結局兩人還是努力瘦成了偶像劇的標配，終究要回到有身材有樣貌的主旋律上來。

胖子是違反自然規律的。其一，牛頓曾說品質越大的物體引力越大，但眾所周知，胖子的品質和對人的吸引力就成反比。其二，理論上體積越大的物體越容易被看見，但胖子又恰恰相反，在人群中最容易被忽視。更過分的是，胖子就胖子吧，偏偏有人還要加個字，稱呼為「死胖子」，可見論存在感，胖了和死了已然無異，嗚呼哀哉！

一個科學家的天賦

如何成為一個科學家？

一、首先科學家小時候就會表現的極不平凡，至少要有某方面的特質，要麼特別勤於思考、要麼特別執著堅定。

愛因斯坦小的時候，有一次手工課結束時，學生們紛紛交上了自己滿意的作品，愛因斯坦交給老師的是一個製作得非常粗糙的小板凳，有一隻腿還釘彎了。老師非常生氣，鄙夷地問他：還有比這更爛的玩意兒嗎？沒想到愛因斯坦掏出了另外一個更難看的小板凳，認真地說：有，相對剛才那個，這個更爛。據說這就是「相對論」思想的萌芽。

二、其次，科學家並不像我們想的那樣總是宅在家裡，他們善於從生活的偶然中找到靈感。

牛頓平時喜歡在蘋果樹下讀書思考，有一天，正在他冥思苦想的時候，從樹上掉下一個又大又圓的蘋果，正中他聰明的腦袋瓜。他拿起蘋果，稍微擦了擦後邊吃邊想：咦，為什麼蘋果不往上掉，而要往下砸到我的腦袋呢？於是他發明了安全帽。無獨有偶，魯班也經常從生活實踐中找到靈感，有一次他外出在野外尋找材料，手忽然被一種植物劃出了一道口子，鮮血直流。他不禁停下來，陷入了深思，於是他據此發明了創口貼。

三、科學家為了得到準確的科學結論，要學會設計精妙、縝密的實驗，大膽假設，小心求證。

曾經有科學家做過這樣一個經典的嘗試：將一隻青蛙放在溫水中，剛開始青蛙還很愜意地在裡面游泳。這時科學家用小火慢慢給水加熱，水溫逐漸升高，待到青蛙覺得危險時，卻已跳不出來，終於死在了滾水中。科學家由此得出了一個著名的結論：就算是青蛙，也不能阻止人類把水燒開！後來科學家又將這個實驗改進，在水中加入了香菜、花椒等輔助材料，一舉發明了水煮牛蛙這道名菜。義大利科學家伽利略也曾挑戰舊思想，他站在比薩斜塔上，手持一個大鐵球一個小鐵球，底下圍觀的人紛紛起哄：你倒是丟啊，看了半天你丟不丟啊。於是他一閉眼，撒開雙手，神奇的事情發生了，兩個鐵球竟然同時砸到了地上，伽利略從塔上下來進行了仔細的觀察和思考，得出結論：大鐵球砸出來的坑的確比小鐵球要來得更大。

奧地利生物學家孟德爾更是通過不斷進行的豌豆實驗，揭示了遺傳學上著名的「遺傳、分離和自由組合」三大規律。一、遺傳規律：雙管豌豆可遺傳進化為三管豌豆；一次能發三顆子彈。二、分離規律：豌豆必須分離地種植在所有五條道路上；才能有效防禦僵屍進攻。三、自由組合規律：雙管豌豆＋冰豌豆的組合，既有殺傷力，又能延緩僵屍腳步，更能發揮奇效。

越禁越美麗

湯唯最近惹上了煩心事兒，據說她遭遇電信詐騙，一下被坑走21萬。21萬對於國際明星來說雖是九牛一毛，但也算是一根比較粗的毛了，好歹能購買奢侈包包一個。所以湯唯秉著「有困難找員警」的理念走入派出所，儘管已低調著裝，還是被辦案民警驚喜地認出，於是此事被傳上網路，迅速上了頭條。

電信詐騙並不鮮見，我亦經常收到讓我打房租的各地房東短信，天天和異性開房被抓讓我匯款解救的各個兒女短信，只消略有警覺，應不會上當。我好奇湯唯是如何被騙的，思來想去，有可能她也是收到了一條類似的訊息：「手機用戶您好，恭喜您中了2014奧斯卡大獎，獎品是最佳女主角稱號和小金人一個。詳情請登錄 www.aosika.com。」

網上對於此事的反應頗為有趣，用紅人琦殿的一句話來說即是：為什麼湯唯被騙你們說是單純，我上次被騙你們就哈哈哈！這不怪網友，湯唯的人氣和口碑不是一般的好，我生活中認識的絕大多數男女，對許多明星不屑一顧，對湯唯卻一致稱為女神。固然她氣質的確出眾，但我私以為，網友對她的喜愛與她曾經被封禁的經歷也不無關係。

一本書被禁，私下必會熱傳，當年的手抄本《少女之心》，曾讓無

數男女潮紅著臉在油燈下翻讀抄寫。甯浩的電影《無人區》，一禁若干年，一解禁立刻票房大賣，好評如潮。得不到的永遠在騷動，人總是對自己無權碰觸的東西充滿了染指的衝動。

所以聰明人總是在愛情和婚姻裡學會保持距離，欲擒故縱。多少事實證明，愈是輕易得到的，愈是會輕易被遺忘；愈是百般苦求而不得的，愈是會被加倍珍惜。

我不諳情愛掌故，但我讀過三國，有人能從中讀出職場商場安身立命的道理，我則從裡面看出些男女相處的門道。你看曹操追求關羽，又是賞金、又是封侯，贈寶馬、送新袍，雖然出手闊綽，仍然逃不了熱臉貼冷屁股的命運。欲擒故縱的原理在於化主動為被動，暗裡是我要求你，但明裡我偏要表現得冷漠，反要你來求我。

這點諸葛亮便做的比曹操好。他嘴裡說「躬耕於南陽，不求聞達于諸侯」，其實還不是外道內儒，一肚子致仕濟天下的心思。但劉皇叔來求他，他偏不見。好比小姑娘明明想要禮物卻不肯明講，等追求者送了，嘴上還要埋怨：誰讓你送我東西的！因為她知道醉翁之意不在酒，你送我東西其實是要得到我，而我愈是禁止你達成這個效果，我在你眼裡便愈是美麗，下次便還有更好的禮物。

《水滸傳》裡王婆當初教潘金蓮時亦有言說，你故意將簪子掉在地上，西門大官人必定為你去撿，若是他一下抓住你的三寸小腳，你哪怕再蠢蠢欲動，也務必要忍耐住，如此方能勾起大官人心中無窮欲火。王乾娘正色道出個中真意時，儼然是一副心理學家的范兒。

說到這裡，我細細回想了一下當年追我家娘子的場景，似乎她也曾欲拒還迎，半推半就。如此說來，還真不知我倆的結合，究竟是她受了我的騙呢，抑或是我著了她的道。

有情人終成業主

多年前春哥剛出道一火，有人戲謔說「生男生女都一樣」。女權主義者也高呼了多少年男女平等。但實際上，男女怎能一樣？首先形態上就已差之千里了。男人無法像女人那樣前凸後翹，女人也很難像男人那麼虎背熊腰。更重要的是世道艱辛，性別之分往往還體現在生存壓力上。自從有女中豪傑總結出「有車有房」這樣的擇偶標準後，「房事」就越來越成為了多少青年男性心頭抹不去的痛。

我經常在一些浮躁的夜裡回憶過去的同學，掃聽他們的近況。奇妙的是，性別成為了他們生活際遇的分水嶺。幾乎所有當年的女生，均已嫁作人婦，有一套甚至幾套或大或小的住房，或做事謀生，或相夫教子，總算安穩。而當年鮮衣怒馬、意氣風發的男生，卻有不少，至今仍未成家、流離在蒼茫的塵世裡。偶爾見到他們，眉宇間總是掩著不易察覺的悲涼。其實不用說我也知道，他們與許多人一樣，被房事壓迫得佝僂著、直不起腰來。

把買房和婚姻畫上等號，據說是不少丈母娘的主意，可見我國的GDP屢創新高，眾丈母娘才是幕後一把好推手。

我在南京生活了十三年，親眼目睹了房價的步步高，且越是調控越是漲的厲害。給人的感覺這不是調控，而是調戲。仿佛樓市是個羞澀的大姑娘，就想看她在指下臉色紅潤、心跳加速。我2005年畢業參加工作時，龍江的房價還在6000左右徘徊，到我去年離開南京時，幾乎翻了兩番。要一個當娶之年的男青年憑自己的收入買房，無異天方夜譚。不單是南京，各地房價都高的離譜。去年底有位叫文嘉的女士表示，自己在香港生活了近20年，至今仍買不起房，租住在15坪的蝸居裡。這位文嘉女士姓愛新覺羅，是末代皇帝溥儀的侄女。連前朝格格的生活都如此淒涼，何況我們這些三代貧農，真是房事猛於虎啊！

所以如今年輕人分手除了性格不合外，多了一條令人憂傷的原因。內事不決問百度，外事不決問谷歌，房事不決，卻只能怨投胎技術不佳。我忽然想起我高中的同桌，他家貧又遭喪母，當時參加高考，住酒店的錢都是我代付的，最終也沒能考取。幾年不見，竟在同學會上聽說他服藥自盡了，據說是交了女朋友，而對方家長嫌其寒酸死活不同意。現在想起來，不知房事是否也是其中一道催命符。

我們總是一廂情願地希望有情人終成眷屬，可惜成眷屬的先決條件太多。更符合現世的狀況是：得先有房產，才能結婚；得先買婚房，才能洞房。所以還是先祝天下有情人終成業主，來得更為實際一點。

若想學語言，罵人可速成

有一段時間我的工作是蠟燭，當然不是被穿著緊身皮衣的豔女捏在手裡的，而是要灼痛你靈魂的那一款。我還是春蠶，就是軟趴趴、一興奮能吐出東西來的那一款。我天天面對一群小屁孩，對他們進行諄諄教誨。為了降低催眠作用，我時常在課中穿插笑話。不料那些小子絲毫不懂矜持，稍一勾引便開始爆笑。於是主任經常惴惴地在門外偷聽，疑心我是不是又在曝他醜事。

天見可憐，因為我本人對於漢語的偏好，我只是跟他們聊了些關於語言文字藝術的民間傳說，就這樣，我還十分注意格調高尚，有所保留。漢語藝術裡最精髓的那部分，我始終沒敢展開。如你所知，任何民族的語言，最有藝術性、最具群眾基礎，最喜聞樂見、最推陳出新的，永遠都是髒話。有個規律，若想學電腦，遊戲是捷徑；若想學語言，罵人可速成。

中國地大物博，民族眾多，漢語又歷史悠久，博大精深，髒話庫也因此琳琅滿目，極具東方色彩和地域風格。魯迅先生曾經總結，最具代表性，並封為「國罵」的一詞，當為「他媽的」。魯旗手分析說，這詞象徵著華夏民族的優良傳統。因為它前面省略一個動詞，哪個動詞自己猜；後面又省略一個名詞，哪個名詞也請自己猜，所以含蓄的緊。且從嘴裡迸出時，極乾脆，極痛快、極爽朗、極憤慨、極犀利，極市井。這個詞還有足夠的中國特色，不似圓明園裡的文物。搶之不去，毀之不滅。過去多少洋人想翻譯，都碰到了困難。德國人一貫科學，嚴謹，翻譯成「我使用過你的母親」，宛似一份說明書。東洋小倭人則充分體現了他們與動物的其樂融融，翻譯成「你媽是我的母狗」。

髒話多市井，難登大雅。但這個世界永遠不乏勇士。深圳幾年前曾有位陳先生，因不滿五年來努力維權的結果，遂糞土當今司法人，將滿腔怒火，化作一個大大的「操」字，書寫在上訴書中。法院判決：亂操有罪，拘留十五天。沒過多久，又有一位廣西的法官，在草民的訴狀上留言「狗日的」。法院也有判決：狗日有理，批評即可。批評狗日的，拘留瞎操的，法官和草民說髒話的待遇完全不同，也算是具有我國的特色了。

髒話有時是極具攻擊性的，所以在NBA賽場上，互飆垃圾話影響對方的狀態已是每個球員必備的技能。喬丹當年就是垃圾話高手，現役的賈奈特也是。去年季後賽某場，賈奈特就大大咧咧地向對手嘲諷：我朋友睡了你的母親！但是在睡對方女性親戚的問題上，還要把機會讓給自己朋友，賈奈特可真是一名紳士的美國好隊友。

《厚黑學》曾說，世上有兩種事，一種是只能做不能說，比如厚黑學。另一種則只能說不能做，比如「X你媽」。所以髒話往往只重在侮辱，所說的內容並不代表會成真。但凡事都有例外，我以前看到一條新聞，是英國某士兵娶了戰友的母親。這位戰友看著該士兵與老娘步入洞房，回想曾經和他吵過的架罵過的髒話，忍不住輕輕感慨了一句：原來「X你媽」不只是說說而已。

小偷跟業務頗有幾分相似

臨近年關，總能在各種管道看到警方的告示，提醒居民防火防盜。防火或許是因為煙花爆竹燃放者眾，難免滋生險情。防盜則有可能是小偷團夥一到年底，也和我們普通上班族一般，需要衝擊一下全年的業績目標，來完成年度考核獲得獎金的緣故。

從某種角度來看，小偷倒真是與業務這個行業頗有幾分相似。首先，他們的工作內容均是與人直接接觸。其次，他們的目的均是要在不知不覺間將客戶的錢財轉移到自己兜中。所以好的業務與好的竊賊都需擅長偽裝，切不可才與客戶接觸，便讓對方識破了自己的身份和動機。最後，他們並非白白得了你的錢財，也會有東西相贈，銷售會給你一套產品，小偷則送你一個教訓。正所謂，吃一塹長一智，可見小偷有時也是人生路上的心靈雞湯兼良師益友。

據警方透露，小偷不是隨隨便便就登堂入室，他們會事先踩點，如同銷售要提前熟悉客戶的資料。他們會在你家門外做上各種或圖形或數位的記號，一為提醒同行此處已是自己的勢力範圍，原理類似於小狗在電線杆上撒尿。二是留下資訊以免將來忘記，可見小偷亦遵循「好記性不如爛筆頭」的人生真理。這些記號外行是看不懂的，但是內行一眼便能獲知你

家有幾口人，何時無人在家等基本資料和生活作息。好在警方已有解密，但我看了半天，有些失望，因為沒有哪一個記號是代表家中有單身漂亮美眉的。

牛群與馮鞏早年有相聲代表作《小偷公司》，雖是調侃諷刺之作，亦可見小偷有團夥是眾所皆知的事實。我頗好奇他們的企業如何招聘新人，是不是也需要在地鐵電視報紙上張貼啟示，欲入職者會不會也像應屆生般投遞簡歷。如果是，我猜測簡歷裡「動手能力很強」這點特質是必須要吹噓的。

我亦不知小偷公司的招聘門檻是高是低，入職有何條件。我倒是在網上看到一則新聞，說某竊賊常年不洗腳，深夜潛入人家，正欲下手時，兩腳處一股毒氣直撲熟睡的女主人面門，生生將其熏醒，行動遂告失敗。由此可知，好的小偷不僅手藝要高，好的衛生習慣也是需要提倡的。考慮到屁的效果與香港腳仿佛，我若當了小偷團夥負責人，為下屬安全計，一定要將「行動前不吃黃豆地瓜」的規定寫進公司章程。

有故事說曾國藩年輕時腦袋瓜不太靈光，深夜在書房苦讀四書五經，卻總是記不住某一句，在他如複讀機般顛來倒去背誦卻仍於此句前磕磕絆絆時，樑上潛伏已久的小偷終於忍不住替小曾接出下句，遂被發現。這個故事多半是杜撰，但亦提醒我們不管什麼職業，都要老老實實做好本職工作，不要去炫其他工種的技巧。

我生平遇過兩次竊賊。一次是上公車時，後面一男子趁我刷卡掏我外衣口袋的手機。一次則是在南京珠江路上行走，一美女一路尾隨我，我正暗自高興，卻發現她只是為了拉我背包的拉鍊，而不是要拉我褲子的拉鍊，想來真是唏噓。我倒不在乎丟些許錢財，只是諸多證件若遺失了，補辦很是麻煩。所以那些只偷鈔票不碰余物的小偷，已算業界良心，而那些鑿壁「偷光」一無所剩的竊賊，實是無良。

從廣義看，小偷則遍地都有。有人偷稅，有人偷情，還有人熱衷於偷樑換柱。而我，若是非要選的話，則想當紅塵裡翩然於百花叢中，一個偷心的小賊。

別看廣告，看療效

我有一段時間非常厭惡看某衛視的電視劇，一共半小時的劇情，前後中間被插了無數段的廣告，硬著頭皮看完一集，彷彿看了一出殘忍的碎屍案。我記得小時候，內地的電視臺還並非如此，只有在兩個不同的節目中間才有大段廣告，而那時尚能收看的香港衛視中文台，倒是每集電視都要被切成三段以上。鑒於廣告時間往往是排便時間，因此我一度懷疑香港人民如此頻尿，是不是泌尿系統出了什麼毛病。

後來我自己亦進了媒體，做過一段時間的廣告策劃，所以知道廣告和節目其實便是有錢大爺和青樓女子的關係。只要大爺有錢，而節目又有時間，便總要安排著讓大爺上。大爺太多了，節目自然只能頭部伺候一個，手上和下面分別再伺候一個。即便有時明知廣告大爺某些方面有病，會給自己帶來麻煩，加點錢有時也能忍一忍。

做的時間長了，我便發現，廣告才是我們每天接受最多的資訊。它悄然進入我們的世界，鋪天蓋地包圍我們的感官。

手機裡的 APP，不光幹著娛樂你的事，也順帶著為其他 APP 做做廣告。公車不光方便著你的出行，也順帶著為男科婦科整形醫院做做廣告。四周聳立的大樓不光出入著藍領白領，也順帶著要為新開的樓盤做做廣告。打開電視，兩個西裝革履的男子在裡面唾沫橫飛：「原價五千塊，今天購買，只要九九八，只要九九八。」聽聽電臺，一個普通話不標準的醫生在裡面老氣橫秋：「你這個毛病呢，只要堅持服用我們的膠囊兩個療程，我保證你好她也好」。正在你沮喪時，電話響了，你興奮地接通，一個小夥子用專業的聲音問你：先生我可以耽誤你一分鐘時間嗎，我們公司剛剛推出了一款投資保本的理財保險……

多數人是不喜廣告的，一則是不愛被推銷，二則是廣告內容往往都極其無趣。比如過去有某電視廣告，畫面是一隻獵豹對美女窮追不捨，驚得美女花枝亂顫，眼看著就要將其撲倒，上演一齣人和動物。誰知那禽獸戛然而止，從西門慶變身柳下惠，紳士地說道：「我要XX糖漿。」我一口老血噴出，鄙人褲子都脫了，你就讓我看這個？看到這裡，多少家長將捂住孩子雙眼的手黯然放下，還有許多正準備購買的人突然陷入長考，這糖漿到底是治我的還是治動物的呢，IT'S A QUESTION。

廣告有趣了當然更能吸引人，但若要考慮到市場效應，還需考慮文化的不同。曾有某國外汽車品牌在中國投放廣告，特意採用了中國名著西遊記的典故。讓唐僧師徒四人放棄白龍馬，神氣地坐上了該款越野車。到這裡一切都還正常，可惜策劃最後配了這樣一句廣告詞：「XX汽車，讓您更快上西天。」創意是好創意，可惜老外不知道在上西天這件事上，沒有哪個中國人是願意太快的。

廣告的目的當然是促成購買。但趙本山老師有句經典廣告詞：別看廣告，看療效。這句話彷彿醒世恒言。只看廣告便下單購買的不是蠢蛋便是有錢的蠢蛋，真正有生活經驗的人多會選擇看看實物。比如你若是想吃速食麵，千萬別信電視畫面裡大塊的牛肉和鮮蝦，你大可以在別人吃時先帶著放大鏡找一找。再比如你若是真要去整形醫院，千萬別信什麼「沈殿霞進去，林青霞出來」的口號，你可以在醫院附近先蹲點守候，看環肥燕瘦魚貫而出。尤其是購買房產，更得實地觀察，勿輕信廣告。據我某位曾做房產策劃的前同事說，號稱東方威尼斯的，多半只是社區裡有個小水池。號稱鄰里親近的，多半是樓間距擁擠不堪。號稱緊鄰中央商務區的，多半是旁邊只有一家銀行。廣告人多擅吹噓，即便社區周邊什麼都沒有，不信你看，他們也敢說這是簡約生活，閒適安逸呢。

談戀愛是說學逗唱

事實證明，男人是視覺動物，所以總是為豐乳肥臀、面上脂粉著迷。而女人則是聽覺動物，要收穫佳人芳心，「潘驢鄧小閒」未必需要占全，即便沒有賽潘安的貌和比鄧通的財，僅靠三寸不爛之舌，長期灌以甜言蜜語、山盟海誓、柔腸百結的情話，女人的防線也是會被糖衣炮彈攻克的。

所以我的文字偶像東東槍老師說，談戀愛和說相聲一樣，也是一門語言藝術，講究說學逗唱。

「唱」是把妹基本功之一，有許多例子顯示，說話結巴的人唱起歌來可能很流暢，而不便說出的情話用歌詞唱出來，也會容易得多。更何況情歌比比皆是，撕心裂肺肝腸寸斷的、沒心沒肺大秀恩愛的、遮遮掩掩欲說還休的、直抒胸臆直搗黃龍的，一抓一大把，只要細心，總能找到適合你表白的那一款。

若是你不知約佳人去哪裡，K歌也是一項好選擇。我當年追我家娘子，便是直接開好包廂，在裡面打電話邀她的。若是對方肯來，說明郎有情妾有意，事情已成了一大半。只是這招用起來也需謹慎，條件是你有一把好嗓子，如此方能在歌聲溫柔的氣氛烘托下循序漸進、培養感情、以致促成。若是你五音不全，暫且還是先修煉修煉的好。否則一聲狼嚎，將佳

人嚇得肝膽俱裂，容易留下精神方面的後遺症。

所謂的「學」，是指在經驗尚淺的情況下，可以模仿先賢前輩們把妹的先進技巧。我們要提倡「拿來主義」，不管是西方的東方的、古代的時尚的，能把到妹的招，便是好招。我中學時便不止一次在明信片上抄兩句《詩經》，塞到女生的課桌裡，用得最多的是「蒹葭蒼蒼，白露為霜，所謂伊人，在水一方」，如你所知，在我那個年代，文青詩人的形象總是能讓小女生癡迷。當然我也知道與時俱進，進了大學便開始抄王小波的情話。女人並不在意情話是誰原創，她在意的是你願意如此說給她聽。

扮憂鬱裝深沉或許偶爾能吸引女人的注意，但多數時間裡，女人還是希望男人和她在一起時，能有「說」不完的話題，而說話的風格，則要「逗」一點最好。

我在微博上專門寫文章逗人笑，在報刊上則寫些扯淡的文章，有時也會蹦出一些妙語，惹人撲哧。時間一長，不少讀者以為我在生活中也是個風趣的話嘮。其實完全相反，我平時基本都是一臉癡呆，默不作聲，腦袋裡不知在想些什麼東西。我家娘子時常與我吃著飯，便發現我歪著嘴瞪大眼睛神遊太虛了。以致她一度懷疑我有老年癡呆症的先兆。她還時常怨我不與她聊天。可見在女人心中，發起聊天的義務是在男人這邊的。

其實現代通訊技術已經創造了不少交流的便利，手機和 QQ、微信等都實現了遠距離即時把妹的可能。但有些人戰而不勝妹子成群，而有些人卻只能處處碰壁暗自流淚，究其原因，還是在於「說」和「逗」的技巧高低。好的聊天者，處處設置懸念、時時埋下伏筆，總能引領佳人的興趣往前走，還能時不時把佳人逗得花枝亂顫。而無趣者，多半隻會「你好啊」、「在不在」、「吃了嗎」，幾句話背後，似乎總隱藏著一張沒什麼情趣的臉。

綜上所述，得語言藝術者得女人心，不信你看，嶽雲鵬那麼醜不都娶到媳婦了嗎。

舌尖上的西遊

清晨的第一縷陽光剛剛灑到山林間，伶俐鬼便手執鋼叉，從洞穴裡精神飽滿地邁出。他要去巡山，這是一種古老的習俗，是妖精賴以生存的自我保護方式。

巡山的意義不僅在於一種安全的預警，更在於沿途尋找各種食材，以饗洞穴裡那些仍然在安睡的同類。山野間的妖精是樸素的一族，他們信奉祖輩群居的生活方式，和諧融洽。他們的食材多數是生人、野獸，以血肉為主。靠捕捉和狩獵的原始採集方式並不能保證每天都有新鮮和足夠的食材，但妖精們並不在乎，無論豐盛或簡陋，他們樂於分享每一餐的快樂。

今天伶俐鬼的目的與平時稍有不同，他要去採集一種特殊的食材——唐僧。相較於其他原料，唐僧更像是大自然神秘而又寶貴的饋贈。這是一種來自遙遠的東方的食物，要經過二十多年完全隔絕葷腥的培植才能成熟，非常珍貴。據資料記載，唐僧肉皮質細膩潤滑，白裡透紅，入口鮮美，唇齒留香。其富含的宗教元素更是能為妖精一族的延年益壽提供必須的營養。他既是一道名貴菜肴，更是一種綿延千年的精神信仰。

日頭很快地爬到中天，巡過五個山頭的伶俐鬼略微感到有些疲憊。他停下腳步，放下鋼叉，擦了擦汗。他知道唐僧作為名貴而且稀有的食材，並不是輕而易舉便能在野外尋見的，所以他並不打算放棄。熱帶的山林裡吹著妖風，他一邊休息，一邊試圖用靈敏的嗅覺和聽覺在風裡搜尋線索。

很快伶俐鬼便鎖定了方向，因為據資料記載，有唐僧的地方總會有馬蹄聲。伶俐鬼拿起鋼叉，開始向聲音處悄然前進。這是一種獵人的本能，也是妖精一族的生存方式，他們必須要為攝取野外的食物學會各種技能。

一個白白胖胖的唐僧暴露在眼前，他開始露出微笑，因為這預示著美食和飽餐。他仿佛已經看見族人欣喜的眼神。而接下來他要做的，便是小心翼翼地將唐僧採集到手，用特製的繩索縛好帶回洞穴，然後剝去外部包裝、洗淨、投入鍋中。當然，特製的調料是必須的，妖精一族相信，在蒸煮時，撒上一點點用骨灰研磨的粉末會讓香味更甚，溫度則必須用小火保持在90度，方能保證肉質外酥裡嫩。而出鍋時，用新鮮釀制的人血蘸著吃，更有濃稠感。

而採集唐僧的過程並不簡單，這種食材的周圍總有幾種動物在逡巡，其中有一種產於花果山的靈長類生物，攻擊性很強。歷史記載，為了追求這道美食的味覺饕餮而被其攻擊犧牲生命的先輩並不在少數。一般的做法是可以用香蕉等食物將它引誘開，然後再進行採集唐僧。曾經還有有經驗的妖精使用一種特殊方法，讓唐僧主動排斥這個生物，也收到了很好的效果。但是伶俐鬼不打算用這些方法，這次他打算憑獵人天生的驕傲和勇氣，主動上前進行採集。

一個時辰之後，午後溫暖的陽光照進山間的洞穴，伶俐鬼的族人們已經聽說了他身故的消息。他們雖然感到悲傷，卻並沒有十分憤怒和意外。妖精一族命運便是如此，他們必須為了獲得舌尖上的美食，不停戰鬥，不停犧牲。很快他們便會擦乾眼淚，默默拿起利劍和刀叉，前赴後繼，為了生命裡一種天然傳承的習俗而繼續努力。

逛商場於男女是件極不科學的事

商場如戰場。這句話說的不是兩大集團爾虞我詐，你死我活的商海較量，而是說女人一走進商場，看見那些花花綠綠的衣服、閃閃奪目的珠寶，便兩眼血紅，涎水直流，視死如歸的氣概油然而生。彼時她囊中的錢和你卡中的積蓄就如同槍膛裡的子彈，大有不打光最後一發子彈不輕下戰場的念頭。

而更要命的是，打仗尚不累及家屬，你自去戰場廝殺，妻兒還能在後方安穩度日。可是女人去商場卻時常喜歡傷及無辜，總要牽著男友或老公。不信你看那些情侶，進了商場，女方多數趾高氣揚，指點江山，而男方則多數垂頭喪氣，唯唯諾諾，跟在娘子軍身後，淒涼得像個戰俘。

再論危險性，商場也不亞於戰場。七八年前的某個晚上，我領著當時新交的女友去南京德基看電影，因為開場時間尚早，兩人在五樓吃過晚飯便先在廣場裡閒逛，不知不覺晃到了一樓。時值隆冬，家家店裡的模特都穿上了大衣，一派貴婦模樣。我女友逛到一家門口，眼饞的不行，便提議進去瞧瞧，說完就邁腿而入。如你所知，女人逛衣服店哪有真的只是瞧瞧之理。我跟在後面暗暗叫苦，卻已經無法阻攔，只能硬著頭皮跟了進去。

營業員一見有客，仿佛灰太狼見了喜羊羊，就差當場流口水了。她

引著我女友，在一件件衣服裡穿梭，我心中忐忑，唯有暗暗默念，祈禱她一件都看不上。不幸地是她在一件風衣面前停住了，經驗告訴我，女人若是在某樣商品面前停留超過10秒，便是一個極其危險的訊號。我連忙追上前用餘光瞟了一眼標價，呵呵，三萬六。但是我臉上還得不動聲色。此時，兩眼放光的營業員已經開始攛掇我女友穿上試試，她興奮地脫下外套，忙不迭地換上，在鏡前搔首弄姿，還時不時地問我好不好看。如你所知，這種時候我哪有心情觀察你好不好看。我滿腦子想的都是天上突然掉一個隕石，或者商場突然響個火災警鈴，這樣我就能理所當然地牽著她跑掉。但是理智如我，還是深呼吸之後淡淡地給了她一個回答，你自己覺得呢？

最後她沒有買那件風衣，不知為何。但從店裡出來時，我心裡那個舒坦，僥倖地仿佛剛從戰場撿了一條小命。

除了步步驚心之外，男人不愛陪女人逛商場的原因還在於購物方式的不同。男人多半是先有了欲購的目標，方才下決心去商場，且一入商場便直奔主題，問清價格稍作比較即欣然買單，然後華麗轉身離開，絕不拖泥帶水，爽利地像一個殺手。而女人入得商場，雖然心中或許也有欲購之物，但她偏要從入口開始，一家家慢慢往裡逛，且每一家都要進去瞧一瞧，每一件衣服都要摸一摸，好看的每一樣都要試一試，穿上後還得仔細照一照，興許還要自拍兩張，然後慢慢脫下，施施然離開，留下營業員一臉的不滿和男友一臉的不耐。

逛商場於男女是件極不科學之事，再強壯矯健的男子，一旦跟著女朋友進了商場，立刻變下肢殘疾，仿佛得了癱瘓，不能多走一步，只要看到椅子便要立刻癱倒在上面。而平時再嬌弱瘦小的女子，一進商場也能立刻化身超人，即使走上四五個小時，嘴上說累，腳卻永遠不肯停歇呢！若是再讓她看上一件十分心儀的商品，只怕來四五個壯漢，亦不能將其從店裡拖走。

因此種種，我料想馬雲這廝在男人眼裡，一定是天使和惡魔的結合體。因為他家的網上商城，讓女人不出門便把街逛了，省了男友老公們陪逛的勞累，的確是功德一件。但同時其便利性提供了不出門便輕鬆刷爆老公卡的可能，躺著便把錢花了，想想還真是歹毒呢。

生活仿佛一張考卷，處處都是選擇題

我家鄉有種地方戲曲，叫錫劇。雖然是小劇種，過去在當地老百姓中倒也喜聞樂見。我五六歲時曾癡迷聽錫劇，自學了不少唱段。如你所知，我這個年代生人，鮮有愛聽戲的。因為咿咿呀呀，既聽不懂，而且拖遝，一句話尾音能啊啊啊啊拉兩三分鐘。對不起，大家都這麼忙，你有事能不能快點講？

所以後來當地人發現我這樣一個會唱戲的小孩，仿佛看到了一隻會講話的豬，老是要我在各種場合表演。再然後到我五年級時，江蘇省錫劇團偶然來我校招幾個聲樂特長生，我便被推薦給了招生的老師。老師如獲至寶，說可以免試錄用我，並對我父母許以轉城市戶口的條件。

許多年後有許多IT人士老是號稱自己在科技和人文的十字路口轉悠，不知是不是迷路了，而我當年也站在了人生的十字路口，我面對的選擇是，繼續當一個學生狗呢，還是華麗轉身，往文藝圈進軍？

時隔十四年後，我在南京某條巷子裡看到了省錫劇團的招牌，人生第二次和它擦肩而過，心底忽然生出無限感慨。我無法想像如果當年真來了這裡，又會是怎樣一條人生軌跡。有可能你會在某個舞臺見我粉墨登場，也有可能我早就黯然轉行寂寂無名。大約是會很不相同吧，但無論會不會比現在更好，都沒有重來的可能。人生的選擇題，你永遠不知那些錯過的，究竟是遺憾，還是幸運。

生活總是如此，仿佛一張考卷，處處都是選擇。我最頭疼的選擇是，每天中午和晚餐都得問一遍自己：到底吃什麼？選擇困難不獨是天秤座的專利，窮才是糾結的病根。若是我日日都吃得起滿漢全席，哪還用在紅燒牛肉、鮮蝦魚板和老壇酸菜間窮盡腦汁呢。吃飯大計更問不得女子，我便吃過虧。出於尊重我常問我家娘子想吃什麼，但她總是小手一攤，淡淡說道：隨便。看官切記！這「隨便」二字看似平常，其實是個陷阱。因為你無論提議吃什麼，她總能找到理由推翻。你便知在吃飯這個選擇題上，女人其實真的一點都不隨便。

我有一死黨，亦常常困擾於生活中的選擇題。他雖然平時謹小慎微，處處小心，偶爾還是難免惹怒閨中佳人。此時，他家的河東獅便會一手叉腰，一手執雞毛撣子，實行家法伺候。而令人髮指的是，體罰便體罰吧，佳人還要出題：「說，打手心還是打屁股？」選擇題出到這種內容，想想真是淒涼。而我心說，這道題不是多選題，已經是不幸中的萬幸了。

我將這朋友的閨中秘事發到微博上，本想圖一樂，誰知引來不少同道中人，許多男同胞泛著淚花，一把眼淚一把鼻涕地開始訴說自己的悲慘遭遇。有個朋友是這麼說的，選擇題算什麼，我老婆打我時還要考我判斷

題：你自己說，你錯沒錯？如你所知，和我們平時考試的判斷題一樣，這時候選「錯」的安全性總是要相對高一些。而另一個朋友則接著說，我比你更慘，這道判斷題我也要回答，但是我答完「錯」之後，老婆每次都要再附加一道問答題：「知道錯了吧！那你說說看呢，錯在哪裡？」聞聽此言，眾男士不禁感同身受，又是一陣淚如雨下。

減肥計

我一向比較大度，別人說我點什麼，常常一笑不多解釋。但有段時間我也斤斤計較，別人問我體重，我在說完八十四公斤之外，必要鄭重聲明一下：是毛重。

當你開始對數字敏感時，多數是因為這個數字即將或已經超出了你的心理承受能力。比如你問耄耋老人貴庚，他在告訴你答案時，總要附加一句「我還小」。愈是如此強調，愈是可見其已老而怕老的心態。同理可知，我如此計較自身斤兩，皆因我眼見自己鏡中的體態已漸近天蓬元帥。

除了天生肥胖兒，沒有人是生來就多肉的。曾經我也是個瘦削的翩翩少年，並且成功地將體重控制在七十八公斤以內長達三十年。至於為何晚節不保，自暴自棄成一個胖子，說起來也是一樁慘案。話說那年我家娘子坐月子期間，我家老娘每天雞湯、魚湯伺候，偏偏娘子她不愛喝，於是假裝啜兩口之後，全都灌進了我的腸胃。而當時的我在鮮美的滋味裡流連，竟然絲毫沒有察覺到危險，仿佛養殖場裡一隻渾渾噩噩，等待被催肥的豬。

如你所知，等我幡然醒悟過來時，臉已莫名其妙大了一圈，腰間盤雖然沒有突出，腰間肉倒是增長不少。與之伴隨的是運動能力的直線下

降，過去在球場上一蹦三尺高，現在一蹦發現很難克服萬有引力，多半仍然是在地面上。以前像吃了阿鈣一般一口氣能上五樓，如今爬三層便得歇兩回，恨不得要撥 110 求助。

我便是在這樣的境況下毅然邁上了減肥之路。減肥的人是可恥的，從此要日日與體重計糾纏。

至於減肥的有效方法則眾說紛紜。起初我選的是運動減肥，還興致勃勃地斥鉅資辦了一張健身年卡。去健身會所減肥的好處是項目眾多，跑步機、踩單車各種器械可以隨意挑選，還可以假模假樣混進瑜伽房看環肥燕瘦的各式姑娘。從理論上說，瑜伽也是能夠瘦身的，但是我看過一則笑話，曾經有個胖子為了減肥，苦練3個月瑜伽，終於成為了一個身體柔軟的胖子。由此可知，若想掉肉，運動的強度和幅度還是得稍大一些。我總共在跑步機上堅持了兩次，踩單車上堅持了一次，身體飽受摧殘，卻見體重計上的數字依然巋然不動，頓時泄了氣。肥來如山倒，肉去如抽絲，人間無奈，莫過於此。

後來我選擇從源頭上控制肥肉的增長，每天三餐，米飯攝取量減至過去的三分之一，葷菜和含油量過高的食品也酌量減少，與肯德基約會的次數更是直線下降，同時痛別宵夜和泡麵。不得不說，節食的滋味起初不比健身好受，每天半夜，腹中空空蕩蕩，腸胃寂寞地直向我哭訴，喚我務必送些雞鴨魚肉下去與它相伴。多少個深夜我都忍不住打開必勝客網上訂餐的頁面，面對披薩和小吃的圖片痛苦地搖頭。不過我還是堅持住了，只消一個月，肚子便能習慣長夜裡的孤獨。再過一個月，體重竟悄然有了下跌的趨勢。我自前年起節食至今，雖然只掉了六餘斤肉，成績不算驕人，但總算也在同事們紛紛變肥的大環境裡，獨自恢復了玲瓏的曲線，很是可喜。

相較於我，我家娘子要減肥，就不必如此曲折，她每天早上醒來，都會驚喜地發現自己輕了兩斤，因為還沒化妝。

只怪嫂子太迷人

這兩日微博上熱傳一張朋友圈截圖。內容是某好心人發帖道：剛才在德基廣場二樓上洗手間的某妹子，你進洗手間之後你男朋友捏了你閨蜜的屁股，然後你閨蜜笑嘻嘻踮腳環住你男朋友親了他。

這讓我想起去年10月27日西湖音樂節時，我微博上的朋友黃賤人亦曾在現場親眼見聞，某男趁女友去買食物時，悄聲地與其閨蜜密謀何時去醫院墮胎一事。愛情的路向來不是坦途，不僅要擔憂麵包和牛奶，還要時刻提防被橫插一腳的危險，而有時，身邊的人正是最銷魂的那條玉腿。

近水樓臺先得月，監守自盜總是最方便的。《西遊記》裡神仙丟了法寶，多半是身邊的小廝和坐騎作怪。若是你的男朋友某日丟了魂兒，不妨也可上閨蜜家找一找。當然如定時炸彈般危險的，未必只有閨蜜，凡是經常在你方圓五米之內出現的人，往往都是潛在的隱患。

俗話說，距離產生美。而在情侶間，過去你還扭扭捏捏裝模作樣，時間一長，便連挖鼻孔放毒氣都毫不避諱，說來就來，本有的美感自然蕩然無存。而過遠的距離又遠水救不了近火。此時，常在周邊伴隨的異性便有了距離上的優勢，若即若離，忽遠忽近，美感頓時烘托而出。

所以除了閨蜜，小姨子這樣的窩邊草也常是八卦掌故裡的元兇禍首。

有心理學家稱，姐夫在小姨子眼裡多半是成熟穩重男神的形象，而小姨子在姐夫眼裡亦多半是鮮果一枚。當年有個文章曰：娶到有妹妹的老婆，有時像買了飲料一樣，極有再來一瓶的可能。蘇東坡老人家便是如此，當年髮妻亡故後，他邊寫著「十年生死兩茫茫」，邊與小姨子雙宿雙飛，後來小姨子也病故了，他又和侍妾朝朝暮暮，這麼熱愛吃窩邊草，我猜東坡先生的生肖一定不屬兔。不單男人如此，女人有時亦對身邊的異性缺乏抵抗力。「嫂嫂和小叔」，永遠是與「姐夫和小姨子」並列的兩大家庭倫理八卦話題。單是《水滸傳》裡，即便女性角色寥寥無幾，這樣的橋段都出現了兩次。一次是嫂嫂迷戀小叔，又是設宴勸酒，又是拿話撩撥，虧得武松定力好，若是放我在現場，誰撩撥誰尚不好說。另有一次則是嫂嫂拿此誣陷小叔，縱楊雄哥哥如何好漢，也因此事便惱了拚命三郎石秀。難怪金聖歎評施耐庵為才子，一樣事偏能寫出兩種風情來。

這種事照例是不該提倡，畢竟容易導致朋友反目、家庭失和。我常看香港警匪片，其中便經常提到黑社會有一大禁忌，便是勾引二嫂，其實「二」當是粵語「義」的口誤，連古惑仔都秉承的道德倫理，我們良好市民似乎沒有理由不去遵守。不過情之一字，向來都不是理智便能輕易操控的。那日有朋友拿一聯求我贈字，恰好可為此事做一注解：別怪兄弟不是人，只怪嫂子太迷人。

鬍鬚的功能

有些時候，人選擇宅在家不是因為害怕社交，而是出門便需要梳妝打扮自己，走完一套流程很是麻煩。比如工作日，每天天未亮，我家娘子便要摸黑起床，仿佛古時候要去挑水做飯的賢妻良母。當然實際上如你所知，她是勤勞到自己的臉去了，用手蘸了各種粉啊蜜啊霜啊乳啊，啪啪啪往面門上打。這套自虐的程式每日都需歷時半個時辰以上，有時還要加鐘。

我清潔自己的流程雖然比她要簡單，不需塗脂抹粉，但也天生多出一個選項：剃鬚。其實不刮也無礙，只是我生來娃娃臉，卻長著一副連鬢鬍，很是違和。而且我的鬍子長勢喜人，今天剃的光溜溜，第二日醒來便又滿面荏苒，真是剃刀刮不盡，晨風吹又生。為了掩蓋我已年過而立的事實，繼續在粉絲面前扮小白臉裝嫩，我只能不厭其煩日複一刮。

鬍鬚的生命力極強，若是它執意要長，再厚的面皮也擋不住，且完全不需營養滋潤，你若是三天不吃不喝不睡，你愈是憔悴，它在你臉上反而愈顯茁壯。我有不少朋友，人至中年，頭上日顯稀疏，髮量堪憂，下巴和唇上卻依然蔥蔥郁鬱，兩相對比，令人唏噓。

我對自己的鬍鬚是不具好感的，因為在我的生活裡，它沒有絲毫的實際作用。小時候看科普故事說，貓要用鬍子丈量鼠洞的尺寸，可惜我並不怎麼愛吃老鼠。還有人說，鬍子是區別男女的標誌，只是這些年來，我見過不少白淨無須的男人，也見過不少唇上長毛的女漢子，所以知道要辨別雌雄，鬍鬚長短和胸部大小一樣，都是作不了准的。更何況我們的祖先穴居山洞渾身毛茸茸時，鬍鬚體毛傻傻分不清楚，也未見有鬧出什麼弄錯公母的風化事件來。男人若是自有氣魄，不需用鬍鬚來證明。若鬍鬚狀如張飛，舉止言行卻是個娘炮，反而不倫不類。

鬍鬚在古人的作用要比現代大的多，可以明志。傳統風俗裡，男子如父親已歿，便要蓄起上唇的鬍鬚，如母親也亡故，便要蓄起下巴上的鬍鬚。只是不知那些天生白淨無須的人該當如何。有時一把鬍子還能影響仕途。康有為曾因為喬裝入京而剃鬚。後張勳復辟，他滿心歡喜求當首席內閣大學士，瑾太妃卻說，本朝從未有過沒鬍子的宰相。可見滿洲人也信奉「嘴上無毛辦事不牢」的相面原理。急的康有為極為懊喪，連忙買來生鬚水，一小時塗抹好幾次，大有揠苗助長之意。而如關二哥這樣的，蓄鬚則是為了裝飾風度。關二哥愛鬚如癡，還為其配備了鬚囊，如同我們今天喜歡為手機套一個手機殼類似，都是為了保護其不受傷害。

鬍鬚的其他功能基本都已失傳，唯有美化功能遺傳至今。我偶爾看美劇，男主角經常留有鬍渣，帥氣裡平添幾分滄桑，令多少花癡的女青年為之迷倒。在此我奉勸男青年切勿輕易效仿，因為好看的男子蓄鬚才叫滄桑，若是你其貌不揚，蓄鬚則只能稱為邋遢，切記！切記！。

當然若說鬍鬚在現代一絲好處都無，也是不客觀的。據科學調查表明，它能夠吸附空氣中的有害物質。於今 PM2.5 數值居高不下，你若是某日忘帶口罩出門，記得儘量往那些大鬍子身邊靠。昏黃的霧霾裡，遊走的他們彷彿是一台台活動的空氣過濾機，免費吸毒、利國利民，值得褒獎。

身體是戀愛的本錢

我過年的時候去了三亞，每日吹著海風，大啖著各種海鮮和水果，聽導遊和當地人講黎族的風俗掌故。

其中有一條，說黎族人生男孩需在門前植椰子，生女孩則植檳榔。若是男孩長大看中哪家姑娘，便要和其他應徵者比賽攀爬女孩家門前的那棵樹，檳榔樹又直又高，須是不太好爬。所以我私下揣測，這是岳父岳母從側面瞭解未來女婿身體狀況的一個方法，因為若是才攀兩尺，便呼哧呼哧大喘氣，這樣的孱頭入了洞房多半也是給不了女兒幸福的。

身體不僅僅是革命的本錢，亦是戀愛幸福的本錢。

所有男歡女愛的偶像劇裡，你幾乎看不到哪個男主角是殘疾或病貓，身高馬大，年富力強才是標配。否則你若面帶桃花、嬌滴滴地往他懷裡撲，卻只聽他悶哼一聲，臉色慘白，倒退三尺，羅曼蒂克的感覺頓時蕩然無存。或是你含羞要他抱你過小溪，卻只見他抱著你步履踉蹌、舉步維艱、豆大的汗珠直往下滴，你心中那只幸福的小鳥怕也要一去不返了。楊過算是身體殘疾的例外，但勝在武功高強，一隻手照樣令你黯然銷魂。

偶像劇中的女人身體倒時有抱恙，尤其是韓劇，女一號是白血病高發人群。整部肥皂劇裡，她拿到醫院檢查結果的那一集便是整個人生的分

水嶺，之前家庭幸福，愛情甜蜜，後面的若干集便開始哭哭啼啼，要死要活。再次證明了身體才是戀愛幸福的本錢。

所以我們怎能不愛惜自己的身體。身體和髮膚，雖然受諸于父母，卻要用來和愛人共度餘生。你用它說出動聽情話，你用它給予溫柔擁抱，你用它陪愛人走過陌生的旅途，你用它為愛人贏得寬裕的生活。

我如今也已不再是少年，過去身體鮮有毛病，現在卻不容樂觀。整天不是低頭弄手機，便是直面電腦，時間一長，脖子上像掛了兩個鉛球那麼沉重。過去一周尚能運動一次，而今一週一次的已悄然變成頸椎推拿。我有時亦會杞人憂天，倘若哪天我因身體狀況而不支了，也不知我的家庭會不會遭受巨大的壓力。所以新年伊始，我別的願望都沒有，只希望身邊人都擁有健康。任何一個家庭，一段戀愛，倒下誰，少了誰，都不行。

正在我鋪開稿紙，抓耳撓腮遣詞造句想騙取兩個稿費的前一個小時，微博上有人爆料，一名二十歲的妙齡女子在北京大望路的 SOHO 現代城樓上跳下，現場照片有好心人用大衣蓋住了她的身體，看不見血跡，但估計倖存的可能不大。

選擇輕生，若年齡再小一些，有可能是學業壓力，若年齡稍長一些，有可能是經濟壓力，但二十多歲的女子不願苟活，多半是感情出了問題。

往生這條路一旦成功，是回不了頭的。所以我們不知道路的盡頭有什麼，也不知道若給他們一次還魂的機會，是否會後悔輕生。我寧可相信，人生再大的困難也總有迴旋的餘地和解決的辦法，不至要踏上不歸路而罔顧年輕的身體。

身體是戀愛的本錢。自己好了，才有能力愛別人。

人生不如戲

新年頭上，香港老戲骨午馬死了，七十一歲，肺癌擴散。他和鄭則仕、以及好萊塢的老戲骨摩根常常在網上被謠傳身故。我笑說貓有九條命，這幾位至少有十一條。沒想到這次他是真的走了。和遊戲一樣，命再多也有用完的時候，也不知他的人生最後有沒有玩到通關。

午馬老師演的角色太多了，即便你不熟悉這個名字，多半也能識得他的臉。他最為人熟知的角色可能便是張國榮版《倩女幽魂》中的燕赤霞。電影裡王祖賢演的小倩是個幽怨的女鬼，和陽間的書生甯采臣愛得死去活來，而燕赤霞則是個職業降妖，主動上門，免費服務，堪稱業界良心，最後助這對人鬼畸戀戰勝了惡婆婆。可惜現實永遠都是那麼詭譎，和電影演的恰恰相反，二十七年過去後，演大俠和書生的相繼去了陰間，唯有小倩還蒼老在塵世。

午馬老師辭世的當天，我在微博上發了類似的感慨，誰知引起了不小的共鳴，有人留言：《斷背山》亦是如此，電影中死了的那個如今尚且安好，而影片裡獨活的，卻早已去了天堂。看得我不禁背脊一涼。裡八神評論說：這是與生活背道而馳的世界。我們總是把過多美好的願景放在電影中，可惜往往最後人生並不如戲，真是令人唏噓。

再過整整一季，五月裡有翁美玲的生辰和忌日。我們可能已經不記得她還演過什麼，卻還記得俏皮聰敏，有一顆小虎牙的黃蓉。在這部戲裡，她時常露出微笑，一口一個「靖哥哥」歡快地叫著，偶爾也有煩惱，機智如她卻總有應對的辦法。她擁有堅貞的愛情，擁有解決困境的頭腦，幾乎擁有有關幸福的一切。可惜在現實裡她這些都沒有，一個感情裡不算特殊的難題便窮盡了她的智慧，也窮盡了她的生命。人生並不如戲，感情尤其如此。

若干年前，我還愛看《春光燦爛豬八戒》，那是許多觀眾初始徐錚和陶虹的一部電視。徐錚演的豬八戒蠢萌蠢萌，勝過後來的續作幾百倍。而小陶虹演的小龍女單純可愛，亦是我極愛的類型。徐錚在戲裡腦子果然和豬無異，放著一門心思倒貼的蘿莉小龍女不要，偏偏苦戀中年少婦嫦娥大姐，急得我在螢幕前爪心撓肝。當然戲外的徐錚比八戒要手段老到的多，在拍攝期間便對陶虹展開了追求攻勢，後來的事我們都知道了。

這部電視我最後也未能看完，所以不知戲裡的龍豬戀最終有沒有配對成功，有沒有得到幸福。而現實的生活狀態卻永遠逃不了狗仔的注意。據說幾年前便有記者曝光兩人的婚姻出現危機，雖然一度亦曾牽手出來自證甜蜜，但空穴來風總是事出有因。雖然我至今仍喜愛這兩位演員，仍不得不感慨，人生和感情的事，永遠不會如拍戲般簡單美好。

逃單是門功夫

世上一大樂事便是呼朋喚友胡吃海喝，而世上一大難事便是吃飽喝足決定誰來結帳。若是事先約定有人做東應無異議，怕只怕是臨時起意，湊成一桌，如此情況，則吃到最後總有人要設法免除自己買單之虞。

往往酒罷席冷、意興闌珊之際，正是眾人面面相覷、眼神或暗示或游離之時。之前熱烈歡暢的交談也瞬間冷落下來，所有人都不言不語、按兵不動，仿佛武俠劇裡對峙的高手，誰先出聲、誰先出手便落了下風一般。有人開始假裝四處看風景，有人一直埋首盤弄手機，有人伸手拈來一根牙籤轉臉自顧清潔血盆大口，還有人明明之前已經撐到肚破，偃旗息鼓多時，卻忽然舉箸伸向殘羹冷炙，重新往嘴裡不斷餵食。

所有不想買單的技巧，要領多半相同，要顯示出自己很忙，根本無暇結帳。至於是忙於繼續吃還是忙於其他事，則無關緊要。我有一朋友，生性喜熱鬧，極愛參與各種聚會和酒席。但每次席終之前，他必要淡定拿出手機，從通訊錄中翻出一人，與之進行長談。長談的對象從天天相見的同事到多年未見的舊友，無人不可；內容則從國內民生直到海外形勢，無事不聊。妙的是，他的通話總能在有人買單後不久戛然而止，收發自如，令人稱奇。有一回我故意在他聊得眉飛色舞時喊他：哎！今天你去買個單吧！他連忙擺擺手，指指耳邊的手機，嘴卻依然不閑，以示有要事在商，仿佛耽誤一秒，道瓊指數立馬要下跌十個percent。旁人皆暗笑不提，他卻心裡似乎尚不安，提高分貝與對方聊了兩句，裝作屋內很吵，跑外面聊去了。

可見裝忙還不夠保險，想辦法脫離戰場才是上計。民國時章太炎曾與東吳大學的同事黃人一起在茶館小坐，結帳時方才發現都沒帶錢，遂決定將章留下做人質，黃回家取錢。不料黃人一去不復返。書上說他是正巧收到朋友寄來的書，一看成癡，忘了章太炎。但聰慧如你者，應該能猜到逃單才是更大的可能。

黃人這招畢竟不是長久之計，若次次使用，免不了要傷朋友情分。所以有人發明了從戰場釜底抽薪的新方法：尿遁。一到氣氛尷尬，馬上要揭曉誰人買單時，便有人捧著膀胱，直奔茅房。人有三急，你還不好意思阻攔。

這招的缺點也比較明顯。首先，只消泌尿系統正常，都可習練此招。你施施然而起走向廁所，滿心以為成功逃得此單，回頭一看，卻發現滿桌人均已東施效顰，捧著小腹像大雁一般在你身後排成個一字。一桌人重又在茅廁相逢，心照不宣陡升尷尬之餘，或許還能體會到以彼之道還施彼身的感覺。其次，即便是你獨自尿遁，但膀胱容量有限，少不了有尿已撒完，回去單卻還沒買完的風險。尿完一支煙，方能更保險。所以若在飯店廁所見到躲起來抽煙的同志，不要想當然以為是癮君子，一支煙省一頓飯錢，也有可能是勤儉節約的好男兒。

我在網上還見過一則新聞，說有兩個東北漢子，為爭著買單爭得打了起來。都同室操戈到頭破血流了，你說一起去的朋友還好意思讓他們買單嗎？與之相比，所有的逃單技巧無疑均是小伎倆。以進為退、協同作戰，方是戰術裡的上策，既不費錢，卻又顯得豪爽大氣，高！實在是高！

辦公室戀情的難題

《齊天大聖西遊記》裡，當至尊寶變的孫悟空最終踏著七彩祥雲，在很牛叉的華麗登場時，紫霞喜出望外，以為是如預期般來救她娶她的。誰知觀音菩薩給孫悟空安排的主線是保護唐僧取經，救她不過是條支線任務，可接可不接的那種。於是她只能退而求其次地說：「那帶我一起去取經啊！」

如你所知，至尊寶最終假扮殘忍拒絕了紫霞，雖然相關小說和電影從來沒規定過不能帶女弟子，但取經路上男弟子女弟子同事之間搞搞辦公室戀情，想必是有些影響隊伍形象的。

這世上有兩種公司，一種是允許同事之間自由戀愛的，一種是嚴防死守，杜絕同事之間擦出任何火花，一有苗頭就要掐死於繈褓之中的。比如國內某知名電腦安全企業，就明確表示，一旦同事之間有了戀愛關係，會強烈建議其中一人自動離開公司。

辦公室戀情究竟是好是壞，當然眾說紛紜。說壞的觀點之一是「難免會影響工作」，這種思路和「學生不能談戀愛，否則會影響學業」一脈相承。持這種觀點的老闆往往腦補嚴重，彷彿兩個員工談了戀愛之後，就立馬從純潔的同事關係變成了不純潔的狗男女關係，必然會把公司當成伊

甸園，每日只知你儂我儂，眉來眼去，把自己的公司前途和發展大計全拋諸腦後了一般，想想就恨得咬牙切齒。其實，就上班期間來說，閒聊家常、流長蜚短、偷懶省事，結黨營私，都未必需要情侶的身份才能做，反而戀愛中的男女，往往都想在對方面前表現得更加優秀，愈發上進倒頗有可能。不過要說影響，也不是沒有。畢竟一對情侶每日執手高高興興上班來，歡歡喜喜回家去，對公司其餘形單影隻的單身狗的心理，還是能造成不少無形傷害的。

很多公司雖然允許自由戀愛，但嚴禁情侶之間形成利益鏈。比如某度和某寶都不允許夫妻之間有直接的業務往來，某訊也不反對同事戀愛和結婚，但夫妻不能同在一個事業群。電商巨頭某東也實施親屬回避制度，不僅如此，還明確規定不能和競爭對手的員工談戀愛。畢竟某東有七成的男員工，萬一對手巧施美人計，兩句甜言入耳，幾杯美酒下肚，什麼樣的商業機密不被套了去，若是連人也被勾進對手公司，就更得不償失了。當然，你有張良計我有過牆梯，某東大可招一批年輕帥氣的後生，口才和能力就照楊子榮和 007 的標準培養，照現在女子對小鮮肉的癡迷程度，什麼樣的女高層策反不了？

另有一些公司不允許夫妻是上下級，認為會影響工作的執行，這倒是很好理解。許多男的部門領導平時在單位作威作福，頤指氣使，一身的男子氣概，其實一下班就唯家中的母老虎馬首是瞻，耳提面命，不敢有違。假如一不小心夫人也到了單位，還是自己下級，你說該怎麼管理？有個工作要指派，態度好了差了，分貝高了低了，任務重了輕了，都是抉擇。萬一把夫人惹毛了揭竿而起，在家裡還能誠懇認錯，但當著一班下屬的面，跪，還是不跪，it's a question。

劫波里的鴛鴦

7年前的5月12日下午，我在南京的公司裡下來，忽然發現樓下圍滿了人，紛紛仰頭朝上看，如你所知，每天想不開的群眾有許多，其中一部分熱愛爬到城市的一定高度來表達訴求，所以我疑心是不是又有人想跳樓。但我坤長脖子使勁看了半天也不見什麼，只好怏怏地走了。半小時後我回到公司，網上跳出一條新聞：汶川大地震，周邊的人也紛紛說南京的高樓有震感，我這才心神一凜，明白剛才樓下圍觀的那一群，都是在震感下本能逃生的人。之後幾天便是鋪天蓋地有關汶川的資訊，悲慘的新聞報導從各種管道潮水般湧來，無法阻擋、令人抑鬱。每天都能看到廢墟、死屍、生離死別的故事和痛不欲生的表情。在這之前，我們已經許久沒有被這種級別的災難和悲苦震驚了，於是舉國一下就沉浸在巨大的悲傷裡。

悲慘的新聞裡，有一條特別令人動容。那是一個中年男子，在地震裡失去了妻子，於是他將她的遺體仔細包紮，捆在自己背後，要用摩托車載回家鄉埋葬。新聞圖片裡看不到表情，只看到他安靜地騎在車上，而她妻子安靜地靠在他身後，仿佛要跟隨丈夫去一趟遙遠的旅行。我無法知曉他們過去的感情歷程，但我能感知這一刻丈夫對妻子的堅守和承諾。時隔多年我還記得這幅圖片，記得兩人生死依託的身姿。

前年我的家鄉也有一樁意外，因為雪天路滑，一對年輕的夫妻駕車從橋上撞斷護欄跌進了湖裡，撈起時已雙雙奔赴黃泉，據說兩人保持著緊緊相擁的遺態，不知是為了在冰水裡互相取暖還是生命最後的情感交流，我也無意去揣測了。

還活著的人，對於別人的悲傷除了同情外，總難免帶有生命無常的感慨。我過去時常給學生講一個故事，神父要在眾多信徒裡選一位捐獻器官救主教，神父在高處扔下一根羽毛，約定落至誰的頭上便選誰。結果羽毛在空中飄啊飄，足足飄了一個時辰都沒落地，因為只要有人眼見著羽毛即將落到自己頭頂，便仰頭嘟嘴，呼地長吹一口氣將它重新吹了起來。這當然是個笑話，而事實是，飄在頭頂的羽毛都能看見，而懸在頭頂的命運卻無法預知。那些災難的陰影都像是一把巨大的利刃，一時高懸在所有人頭上，令人不得不思量自身的命途。

種種故事告訴我們，在災難面前，有時愛情與幸福的確脆弱得不堪一擊，但因為如此而放棄愛的希望，無異於因噎廢食。我們也總能看見，在生死關頭，依然有堅守、承諾和不離不棄在閃著希望的光芒，前途愈是未卜，我們愈要在尚未大難臨頭的人生路上努力相愛。

那年我和我家娘子，正是在這樣的日子裡，牽手走進了玄武區民政局，執意做一對劫波裡的鴛鴦。

求婚為啥都是單手捂住嘴巴

最近看了一部講結婚的電影，看完之後我家娘子整個人都不好了，回到家嘴裡一直念念有詞，經我仔細辨聽，其中仿佛有「後悔」、「當初」之類的字樣。我大約知道是怎麼回事，當初我與她相戀不久便見了家長，定了婚期，算起來一應程式都走了一遍，唯獨缺了正式求婚這個環節。如你所知，這個環節缺失的話其實也沒有多大影響，除了每次見到別人浪漫的求婚情節便要後悔一下，對我念叨幾句，恨不得回到七年前讓我重新追求一遍，否則便誓死不嫁。

因此，我們看的這部電影就相當要命，裡面全是各種橋段的求婚場景。比如追上飛機當著所有乘客的面求婚；自己設計了漂亮的婚紗讓她穿上再求婚；以及深情認錯兼告白式的求婚等等，總之手段很是高超，場面很是煽情，足以激起絕大部分女觀眾的羨慕心理和家庭矛盾。

多數女人都喜歡這種儀式感十足的求婚方式，顯得正式而又隆重，用她們的話來說：一生就一次，難道不應該認真一些，浪漫一點嗎？雖然是不是一生就一次這個觀點值得商榷，但總算是人生大事，認真浪漫的要求還是合情合理的。

那如何讓求婚變得儀式感十足呢？影視劇裡的經驗是這樣的。

首先，要有一個美好的環境，要麼高端大氣上檔次，要麼低調奢華有內涵。據我觀察，影視劇裡百分之八十的求婚發生在高檔法國餐廳、大都市飛機場、高雅的音樂會現場等場所，鮮有男主角帶女主角去養豬場求婚的，當然「這個魚塘被我承包了」這樣的雷劇要除外。

其次，現場的群眾演員人數要適當，並非越多越好。如果你在時尚繁華的CBD街頭求婚，必然圍觀者甚眾，符合當時的情境，然後埋伏已久的狐朋狗友和閨蜜突然殺出，帶頭齊呼「在一起」或「答應他」，大事庶幾可成。若是你趁夜帶她爬上山巔一起等待日出，則不宜安排團夥作案，畢竟紅彤彤的日頭從雲端冉冉升起，你趁機向她求婚，她正滿臉紅暈準備點頭時，忽然從樹梢頂、懸崖邊、草叢裡閃出十幾個群眾演員來，煞風景不說，還頗有些駭人。

再次，要有深情告白，環境好了，再加以語言煽情方能融化姑娘的一顆芳心。影視劇裡的告白雖然有萬千種，但核心科技不外乎兩個部分。第一部分是心路歷程，這個部分主要是仔細追溯當初兩人是如何勾搭上的，要交代重要的時間節點和難忘的甜蜜回憶，要具體、要生動、不能流於空泛，要有典型事例，作用是向女主角表明一路走來既溫馨又不易，而且和她在一起的每一刻都歷歷在目呢。第二部分則是商家對客戶作三包承諾，如果這樁買賣做成的話，一定包為她服務、包對她體貼、包給她幸福，而且如果非要給這個三包上加一個期限，一定是終生制的承諾。如此回顧和展望都有了，才算一個合格的告白。

最後，就到關鍵時候了，男主角必須單膝下跪，雙腿跪下那是磕頭認錯，不是求婚。然後掏出早已準備好的戒指，展示給女主角看，同時口稱「嫁給我吧！」。按照這樣儀式感十足的標準化工序進行到此時，女主角一般都已經單手捂住嘴巴，激動地淚流滿面了。至於為什麼都是單手捂住嘴巴，這不得留一隻手讓你戴戒指嗎，你以為她傻嗎？

國家圖書館出版品預行編目(CIP)資料

我這一生都比別人跑得慢 / 東土大唐著.
-- 初版. -- 新北市 : 大喜文化, 民104.10
面 ; 公分. --(喚起 ; 14)
ISBN 978-986-92273-0-8(平裝)

855 104018912

喚起14

我這一生都比別人跑得慢：
跑的快不一定快樂，不如讓自己幸福

作者	東土大唐
編輯	蔡昇峰
發行人	梁崇明
出版者	大喜文化有限公司
登記證	行政院新聞局局版台省業字第244號
P.O.BOX	中和市郵政第2-193號信箱
發行處	新北市中和區板南路498號7樓之2
電話	（02）2223-1391
傳真	（02）2223-1077
劃撥帳號	53711606　大喜文化有限公司
網址	www.darchen.com.tw
E-mail	darchentw@yahoo.com.tw
銀行匯款	銀行代號：050，帳號：002-120-348-27 臺灣企銀，帳戶：大喜文化有限公司
劃撥帳號	5023-2915，帳戶：大喜文化有限公司
總經銷商	聯合發行股份有限公司
地址	231新北市新店區寶橋路235巷6弄6號2樓
電話	（02）2917-8022
傳真	（02）2915-7212
初版	西元2015年10月
流通費	新台幣280元
網址	www.facebook.com/joy131499

ISBN 978-986-92273-0-8